AFGESCHREVEN

CAJA CAZEMIER

Caja Cazemier werd op 5 september 1958 in Spijkenisse geboren. Na de middelbare school ging ze Nederlandse Taal- en Letterkunde studeren. Twaalf jaar lang was ze lerares Nederlands, maar tegenwoordig besteedt ze haar tijd volledig aan het schrijven van boeken. Ze woont in Leeuwarden.

Dankzij haar ervaring in het middelbaar onderwijs staat ze heel dicht bij jongeren, ze begrijpt wat hen beweegt en hoe verwarrend hun wereld kan zijn. Ze schrijft dan ook over situaties en problemen waar jongeren mee te maken hebben: over school en je anders voelen, over onzekerheid en ruzie met je ouders, over vriendschap en eenzaamheid, verliefdheid en seksualiteit, over digitaal pesten en cyberseks. Caja Cazemiers levensechte en herkenbare personages laten de lezer meeleven én meevoelen. Haar vlotte en toegankelijke schrijfstijl zorgt ervoor dat haar boeken voor een grote groep lezers interessant zijn.

Lees ook van Caja Cazemier:

CAJA CAZEMIER

Lotte en Karima

Uitgeverij Ploegsma Amsterdam

Met dank aan Hayat, Samira en Fatima

Kijk ook op:
www.ploegsma.nl
www.cajacazemier.nl

ISBN 978 90 216 6531 3 / NUR 283/284

© Tekst: Caja Cazemier 2007
Omslagontwerp: Annemieke Groenhuijzen
© Deze uitgave: Uitgeverij Ploegsma bv, Amsterdam 2007

EIND AUGUSTUS

Lotte hapte naar adem en wist even niet meer hoe ze het had. In één klap was alles in de war. Woorden waren weg, de wereld was wazig, alleen *hij* was scherp aanwezig. Ze greep zich stevig vast aan het zadel om niet te vallen. Het zweet prikte in haar handpalmen en deed haar huid kriebelen onder haar jasje, haar cap, haar rijbroek en zelfs in haar laarzen.

Dus dít was het… Zó voelde het… Ze had wel eens eerder een jongen leuk gevonden, maar nu… Wauw! Haar bloed kwam in een stroomversnelling terecht om zich als een wilde waterval juichend naar alle uiteinden van haar lijf te storten. Haar armen en benen werden zwaar, haar hoofd ineens heel licht.

Buiten adem stond ze op de plek waar een halve tel eerder de bliksem was ingeslagen. Van hem naar haar. Van de jongen die naar haar had gelachen vanaf de rug van dat zwarte paard terwijl hij rondjes reed op de buitenbaan, naar haar die op de rug van de merrie Chanel bij het hek stond te wachten, klaar voor haar les. Ze wist het onmiddellijk. En ze wist ook dat ze in het vervolg véél eerder naar de les zou komen. Nee, ze zou proberen een uur eerder les te krijgen!

Wat een prachtig woord… ver-lief-d. Nee, ze bedoelde: wat een prachtige jongen. Kijk hoe soepel hij reed, hoe hij precies goed meedeinde met de bewegingen van zijn paard en hoe prachtig rechtop hij zat. Wat een fantastisch gezicht deze jongen te zien rijden... Wat een mooie jongen...

De zon prikte in haar ogen en Lotte hief haar hand als een zonneschermpje. Ze keek en keek en keek. Ze hoorde niet dat achter haar geroepen werd: 'Hé, je staat helemaal niet in de weg, hoor!'

Haar wereld was een andere geworden. Vanaf dat ogenblik was alles anders. De aarde wentelde om de zon, haar wereld draaide om die jongen.

OP HETZELFDE MOMENT

Karima kwam thuis van de zaterdagmiddag die ze bij haar hoogzwangere tante had doorgebracht. Ze had geholpen met wat klusjes in huis en op haar neefjes en nichtjes gepast. Dat deed ze wel vaker.

Precies op het moment dat zij haar fiets in de schuur zette, reed haar buurjongen zijn fiets uit hun schuur. De tuinen waren gescheiden met een lage strook struiken. Als ze het huis achter in en uit liep, en ook op zomerse dagen, kon ze hem tegenkomen. Met beide voeten zette hij zich af en zittend op het zadel manoeuvreerde hij zichzelf en zijn fiets de schuur uit, de steeg in.

'Hallóóó!' galmde hij met een brede grijns.

Hij was altijd zo vrolijk, dacht Karima. Hoe krijgt hij dat voor elkaar? Ze gaf een gefluisterd 'hai' en een klein glimlachje terug.

Ze keek hem niet aan. Ze luisterde niet naar het bonken van haar hart. Ze besteedde geen aandacht aan die onverwachte warmte binnen in haar.

Zoiets deed je niet. Dit kon niet. Ze moest hem zo snel mogelijk uit haar hoofd zetten.

I

'Hé, Karima, ga je mee?'

Toen Lotte de voordeur uitstapte, zag ze haar buurmeisje ook net naar buiten komen met een boodschappentas in haar hand. Lotte hield de hondenriem als een vraag omhoog en Shaila begon vrolijk kwispelstaartend tegen Karima te blaffen.

'Als we op de terugweg langs de super lopen,' antwoordde Karima.

'Gezellig!' Lotte bukte om de riem van de kleine bruinwitte hond vast te maken. 'Straks mag je los, meisje.'

Ze stapten de zonnige straat in en lieten het rijtje van zes huizen achter zich. Daar hadden zij en Karima hun leven lang al gewoond. Ze liepen voorbij het volgende rijtje van zes en staken over. De straat die ze insloegen, leek op die van hen. Overal dezelfde rij huizen en overal dorstige tuinen voor en achter. Droge bladeren ritselden boven hun hoofden. Zelfs dat beetje wind bracht geen verkoeling.

Lotte veegde even met haar handpalmen langs de stof van haar korte rokje. Het was alweer zo warm vandaag, het hield maar niet op zomer te zijn. 'Zijn dit Marokkaanse temperaturen?'

'Had je gedacht,' antwoordde Karima. 'In Marokko is het veel warmer.'

Lotte keek opzij naar haar vriendin, die meestal lange mouwen en een lange broek droeg. 'Is dat niet warm?' had ze deze zomer een keer gevraagd op een dag dat de tophitte haar zelf deed smelten, ondanks haar blote jurkje.

'Nee hoor,' was het antwoord.

'En nooit de wind door je haren…'

Karima had haar schouders opgehaald. Lotte kon haar nooit betrappen op een bezweet gezicht. Als ze haar zich met gym niet zo vaak in het zweet had zien werken, zou ze kunnen denken dat Marokkaanse zweetklieren anders werkten.

Ondertussen had Shaila hen met zich meegetrokken op haar gebruikelijke rondje. Ze sloegen weer een hoek om en kwamen bij het park waar Lotte graag wandelde. Op het laatste stuk mocht Shaila los. Die had ook geen last van de warmte, ze begon te rennen en blafte enthousiast tegen andere honden.

'Kijk, nog zo'n hondje als Shaila!' riep Karima uit. 'Hoe heten ze ook alweer, dat ras? Ik vergeet het aldoor.'

'Shaila is een kooiker,' zei Lotte.

Toen ze Shaila nog maar net hadden, moest Karima niets van het hondje hebben. Volgens de islam zijn honden onrein, had ze uitgelegd. Karima aaide Shaila nooit, maar ze was wel aan haar gewend geraakt en soms liep ze voor de gezelligheid met Lotte mee als die Shaila ging uitlaten, zoals nu.

Ze kletsten wat over school, over het huiswerk voor morgen, over hun klasgenoten. Al was het schooljaar inmiddels drie weken oud, Lotte was nog steeds verbaasd als ze eraan dacht: goh, ze waren nu derdeklassers! En nog altijd zaten Karima en zij bij elkaar in de klas, omdat ze dezelfde sector hadden gekozen. Al vanaf groep één gingen ze samen naar school, en dáárvoor speelden ze samen in de zandbak.

Toen ze het park uit liepen, kwamen ze op een laan met bomen links en rechts, waar de schaduw zich loom uitstrekte. Zoals altijd bekeek Lotte de huizen die hier stonden.

'Mooi wonen,' zei ze niet voor het eerst, 'met uitzicht op het park.'

'Ja, heel erg,' vond Karima. 'Prachtige huizen ook.'

Op dat moment bleef Lotte staan, haar ogen wijd open. Ze greep Karima bij haar arm omdat ze even heel licht werd in haar hoofd. Kijk, op de manege wist ze dat hij er zou zijn. Maar nu ze hem zo onverwacht op hen af zag lopen, moest ze diep ademhalen.

'Hé Lotte, dat is ook toevallig!' De jongen, gekleed in een witte driekwart broek en geel T-shirt, knikte kort naar Karima en keek Lotte toen weer aan.

Lotte likte langs haar lippen. 'Eh... ja.'

Wat een stom antwoord! Zeg iets! Grijp je kans! Want op de manege had ze nog niet veel woorden met hem gewisseld. Daar waren te veel meisjes die aandacht van hem wilden.

Maar wat moest ze zeggen? O ja, wie hij was.

'Dit is Hessel, je weet wel, van paardrijden,' zei ze tegen Karima. En tegen Hessel zei ze: 'Mijn vriendin Karima.'

'Hoi,' zeiden die twee naar elkaar. Karima keek hem

maar even aan, maar Hessel had zich al naar Shaila gebukt om de hond te aaien die blij kwispelde.

'Leuk beestje,' zei Hessel.

Lotte smolt. Hij vond Shaila leuk! Nu begon ze te ratelen, over Shaila, dat ze een stamboom had, wat een leuke hond ze was, hoe dol ze op haar was, en dat ze veel met haar wandelde, dat ze vaker hierlangs kwam, en of hij hier woonde?

Hessel wees naar het huis waar ze voor stonden en knikte. 'En jullie? Waar wonen jullie? En waar zitten jullie op school? Welke klas? Warm is het, hè?' Nu was het zijn beurt om vragen te stellen. Lotte praatte met Hessel en vergat Karima, die niet meepraatte, ook al stelde Hessel de vragen in het meervoud, of vroeg hij iets aan haar. Dan gaf ze een kort antwoord, meer niet.

'Zullen we doorlopen?' vroeg ze opeens.

Dat wilde Lotte helemaal niet! Stond ze hier op de zomerse stoep zomaar met Hessel te praten! Doorlopen kon altijd nog. Dat moment kwam vroeg genoeg, want dat ze de rest van de middag niet hier kon blijven staan, begreep ze ook wel. Al zou ze dat wel willen, natuurlijk. Nu had ze de aandacht van Hessel voor zich alleen! En hij bleef maar staan kletsen…

'Ik eh… Ik wil eigenlijk wel naar huis.' Karima keek om zich heen. 'Moet nog boodschappen doen. Oké, ik ga vast. Nou, hoi.'

Lotte keek haar na. Beter, nu kon ze nog wat langer met Hessel blijven kletsen.

Die stelde alweer de volgende vraag: 'Hoe lang zit jij al op paardrijden?'

Lotte vertelde over de vijf jaar die ze nu bij de manege reed. Hessel was pas deze zomer hier komen wonen, vertelde hij, en had eerst ergens anders gereden.

'Je rijdt mooi,' zei hij, en Lottes hart begon weer te hollen.

'Jij ook!' durfde ze te zeggen.

Toen viel het stil. Opgewonden dacht Lotte na. Wat nu? O, kauwgumpje. Die had ze altijd bij zich, dus kon ze Hessel er een aanbieden. Ze zag de zwarte randen van haar nagels en schaamde zich ineens rot. Had ze die net maar beter schoongemaakt!

'Kijk,' zei ze en ze hield haar handen omhoog. Liever zelf er iets van zeggen dan dat hij haar een viespeuk vond...

'Ik heb in de tuin gewerkt. Vind ik leuk...' zei ze er wat verontschuldigend achteraan.

Maar Hessel zei: 'Dus je bent een bloemenmeisje.'

O, wat leuk dat hij dat zei! En nu? Waarover konden ze nu praten...? Paniekerig zocht Lotte naar iets om de tijd te rekken, maar ze kon moeilijk zichzelf uitnodigen mee naar binnen te gaan. En hij deed het niet. Dus zat er niets anders meer op: 'Nou, ik ga maar eens naar huis. Tot zaterdag, hè?'

Ze trok haar schouders recht en zweefde weg. Ze keek achterom. Hij stond er nog! Hij zwaaide, dus stak ze ook haar hand op. Vijf passen verder keek ze weer achterom, maar toen stond hij er niet meer. Ze maakte een huppelpasje en zei tegen Shaila: 'Is hij niet super?!'

Dat moest ze straks wel direct aan Karima vertellen, natuurlijk!

Ze liep rechtstreeks naar huis, gooide de riem over de

kapstok, gaf Shaila vers water, dronk zelf ook twee glazen en ging naar haar kamer. Daar liet ze zich languit op bed vallen. O, Hessel!

Met haar ogen dicht herhaalde ze het gesprek op de stoep. Hij zei dit en toen zei ik dat, en toen hebben we het dáárover gehad. Hij heeft dít verteld en dát. En hij vond dat ze mooi paardreed! Alles zag ze weer voor zich. Zijn springerige krullen, zijn ronde bruine ogen, zijn lange wimpers. Ongewoon voor een jongen, eigenlijk, zulke lange wimpers! En daaronder die blik... Hoe hij keek... En hij krabde steeds zo leuk achter zijn oren, met zijn hoofd een beetje schuin. Goh, hij was gewoon helemaal te gek!

Zou Karima al terug zijn van de super? Lotte was alle besef van tijd kwijt. Ze wilde haar vertellen hoe lang ze nog hadden staan praten en hoe leuk ze hem vond...

Ze kwam overeind en wierp eerst een blik in de spiegel om te zien hoe ze eruitzag. Dat had ze beter niet kunnen doen. Haar lange haar hing door de warmte slap en vettig naar beneden. Had ze het nou toch maar opgestoken! O, en waarom had ze het niet gewassen vanochtend... Ze had drie nieuwe pukkels... Waarom wist je niet van tevoren wanneer je een leuke jongen tegen zou komen?

Ietsje minder gelukkig liep Lotte het huis uit en stapte over de struiken om in de tuin van de buren te komen. Daar was niemand, maar de keukendeur stond open en Lotte zag Karima's moeder staan.

'Is Karima al thuis?'

Karima's moeder gebaarde dat ze door kon lopen. 'Op haar kamer, huiswerk maken.'

13

Pfoe! Huiswerk! Dat was het laatste waar Lotte zin in had. Dat kwam nog wel, vanavond of zo. Nu eerst... Ze bonkte op de deur.

Op Karima's kamer waren de gordijnen dicht, waardoor het schemerig was. Haar bureaulamp brandde en in het schijnsel ervan lag het Engelse boek. Karima keek op. Lotte plofte op het bed, waarop de mooie deken met felle kleurtjes lag die Karima deze zomer uit Marokko had meegenomen. Boven haar bed hing een grote poster met gekleurde krullen, zoals Lotte ze noemde. Het waren kunstig getekende teksten uit de Koran, wist ze. Maar daar dacht ze nu niet aan. Lotte begon over Hessel: hoe leuk ze hem vond, en hoe lang ze nog hadden staan praten. Karima bleef op haar bureaustoel zitten en luisterde geduldig.

'Vond je het erg vervelend dat ik zo lang bleef kletsen?' vroeg Lotte ten slotte. 'En dat je alleen naar huis moest?'

Karima glimlachte. 'Welnee. En ik wilde je ook niet tegenhouden. Daarom ging ik vast weg.'

'Lief van je.' Lotte zuchtte diep. Ze vergat zo gemakkelijk dat Karima niet op straat mocht blijven hangen met één jongen erbij. Geen jongens voor Karima.

'Maar ik vind het leuk voor jou,' zei haar buurmeisje. 'Van Hessel dan.'

2

Geen jongens voor Karima, dacht Lotte de volgende dag opnieuw toen zij en Karima samen in de pauze op school in de meisjes-wc stonden om hun make-up bij te werken. Voor hen op de witte wastafel stond Lottes etuitje, waar ze alle twee gebruik van maakten. Lotte boog zich naar haar spiegelbeeld en kleurde haar lippen. Ze zoog ze naar binnen, wreef ze tegen elkaar, tuitte ze, en maakte een smakkend geluid. Ze keek naar haar vriendin, die een nieuw lijntje onder haar ogen trok. Daarna rommelde Karima in het make-uptasje en koos een doosje groene oogschaduw.

'Waarom maak jij je eigenlijk op?' vroeg Lotte ineens.

Karima keek haar verbaasd aan via de spiegel. 'Wat is dat nou voor een rare vraag? Omdat ik dat leuk vind, natuurlijk.'

'Ja sorry, het is ook een domme vraag.' Lotte zuchtte. Dat wist ze best.

'Jij maakt je toch ook op omdat je er gewoon goed uit wilt zien?' ging Karima verder. 'En niet speciaal voor... Of zit die Hessel hier op school?'

'Nee, was dat maar waar...' Lotte keek keurend naar het spiegelbeeld van Karima. Ze deed het altijd heel subtiel, haar make-up. 'Die kleur staat je goed,' zei ze.

Karima had smaak, zowel wat kleren als wat make-up

betreft. Nu droeg ze bijvoorbeeld een leuk mouwloos jurkje in een wit met mosgroen bloemenpatroon over een T-shirt met lange witte mouwen en een lange witte broek. Ook haar hoofddoek paste bij de rest, zelfs haar schoenen hadden dezelfde kleur. Ze droeg ook graag spijkerbroeken, met een mooie trui of een jasje erop. En altijd combineerde haar hoofddoek goed bij de rest, of ze had twee hoofddoeken op, in twee verschillende kleuren. Ach, alles stond haar goed. Karima had ook altijd zo'n stralende blik.

Lotte keek naar haar eigen spiegelbeeld. 'Ik zie er nu beter uit dan gisteren. Toen was ik net een gesmolten ijsje.' Ze had vanmorgen haar haren gewassen, zich met aandacht opgemaakt en haar nagels goed geborsteld. Geen zwarte randjes meer bij onverwachte ontmoetingen, had ze zich voorgenomen. 'Wat denk je? Zou Hessel mij leuk vinden?'

Karima glimlachte. 'Ik denk het wel.'

'Ik vind hem zó leuk!' Lotte wierp een verlangende blik in de diepte van de spiegel. Ze zag hen weer staan praten op de stoep voor zijn huis. Ze zag hen ook samen te paard door de bossen rijden. 'Ik ga vanmiddag weer met Shaila wandelen.'

'Dat doe je toch altijd?' vroeg Karima zogenaamd verbaasd.

Lotte stak haar tong uit. 'Maar ik loop niet altijd hetzelfde rondje.'

Er kwamen meer meiden de wc binnen die bij de spiegel wilden. Lotte en Karima liepen de gang op en zochten hun klasgenoten op in de kantine. Lotte moest Nicole en Dana nog inlichten over haar ontmoeting met Hessel. Ze bleef de hele dag praten over Hessel. Ze kon wel een jaar lang over hem blijven praten...

Ze waren vroeg uit op vrijdag.

'Zullen we even de stad in, een ijsje halen?' stelde Lotte voor toen ze het warme schoolplein overstaken op weg naar hun fietsen.

'Is goed,' zei Karima.

Het was nog geen vijf minuten rijden naar het centrum. Hun fietsen zetten ze in de rekken op het grote plein waar altijd een ijsstalletje stond. Het was druk, ze moesten op hun beurt wachten. Iedereen wilde ijs. Lotte koos vanille, Karima aardbeien en even later liepen ze genietend langs de gracht om op een vrij bankje in de schaduw neer te ploffen.

'Kijk, wat een prachtig ondergoed.' Lotte wees op een billboard. Vier meiden hadden elk wat anders aan: vier verschillende bh's, vier verschillende slipjes. 'Mooi, die kanten randjes!' voegde Lotte eraan toe. 'En wat een te gekke kleur, dat groenblauw.'

Karima keek even wat Lotte bedoelde, maar haar blik gleed direct weer weg. 'Hm-hm,' zei ze. En ze hapte in haar ijs.

Lotte staarde dromerig naar die prachtige halfnaakte lijven. Was zij ook maar zo slank... Had zij maar zulke lange benen... En die borsten... precies goed waren ze!

Wat zou Hessel van haar vinden...? Zij was niet dik, maar ook niet zó slank, en zij had niet zulke borsten... Die van haar waren klein, ze hoefde eigenlijk niet eens echt een bh te dragen. En ze was altijd voor de spiegel aan het turen en vergelijken omdat ze dacht dat ze niet precies dezelfde vorm hadden.

Lotte maakte haar schoudertasje open en haalde er een spiegeltje uit. Even kijken... Hoe zag ze er nu uit? Wie was ze ook alweer? In het kleine vierkantje zag ze haar gezicht, niet knap, maar ook echt niet lelijk. Haar haar viel vandaag zacht en soepel en die pukkels had ze mooi weg kunnen werken. Maar haar huid was niet zo zacht en stralend als bij die meiden daar...

Ze klapte het spiegeltje dicht en zei: 'Wat zullen we nog doen of moet je al naar huis?'

Het ijs was op. 'Kleren kijken?' vroeg Karima.

'Dáár!' Lotte wees op een boetiek.

'Maar die is veel te duur,' protesteerde Karima.

'Alleen kijken, niet kopen.'

Ze hingen hun schooltassen over hun schouder en liepen de chique winkel in. Allebei pasten ze een paar truitjes. De herfstmode hing er al, veel te warm voor nu. Ze kregen de slappe lach en werden de zaak uit gestuurd.

'Dan maar naar die winkel!'

Daar hingen nog wat zomerjurkjes in de uitverkoop. Weer gingen ze passen. Karima koos er een voor Lotte uit: 'Die kleur staat jou goed, en dit kan jij ook best over je witte zomerbroek dragen, je weet wel. Ik zie meer Nederlandse meiden ermee lopen: iets langs over een lange broek. Ja, staat je goed, je lijkt er langer door.'

Lotte zag in de passpiegel dat Karima gelijk had. Zelf vond ze het altijd moeilijk goede combi's te maken. Ze probeerde wel van alles uit, maar het werd nooit wat. Het gebeurde regelmatig dat ze iets kocht wat ze vervolgens nooit droeg. Vaak wist ze gewoon niet wat ze mooi vond. Maar dit stond heel leuk.

Allebei rekenden ze hun nieuwe jurkje af. Daarna trok Lotte Karima mee naar de lingerieafdeling. 'Ook even hier kijken!'

Ze liepen langs de hangertjes met bh's, witte, zwarte, gele, met kant en gladde modellen, die ze af en toe met hun vingertoppen aanraakten. Langs de wand hingen slipjes, ook in verschillende kleuren en modellen. Lotte dacht aan het ondergoed dat ze buiten op het billboard had gezien. Die groenblauwe kleur, zou die er ook bij zitten? Daar hingen blauwe, maar die waren wel duur. Toen zag ze een bak met aanbiedingen waarin slipjes en strings lagen. Ze gaf Karima een por met haar elleboog.

'Ik neem er zo een mee. Zou dat de goede maat zijn?' Ze hield het stukje stof omhoog.

Ze graaiden allebei in de bak en Lotte koos er nog een. Karima kocht een zwarte string.

Maar toen wilde Lotte toch echt naar huis. Ze was onrustig geworden. Ze wilde met Shaila gaan wandelen. Het idee dat Hessel zijn huis in of uit kon gaan en zij dat zou missen... Ze liepen met hun tasjes naar hun fietsen op het plein. Niet alleen rond het ijsstalletje en op de terrassen, overal stonden mensen te praten of slenterden winkelende mensen langs de winkels. Moeders met kinderen, oudere echtparen, vriendinnen die gearmd liepen of vrouwen alleen, een groep jongens, verliefde stelletjes. Wat moest het heerlijk zijn om verkering te hebben en zo samen over straat te kunnen lopen. Maar geen jongens voor Karima, dacht Lotte weer.

3

Die avond zei Lotte tegen haar tweelingbroer: 'Ik laat Shaila wel uit. Dan hoef jij niet.'

Niek keek haar aan of ze gek was. Misschien was ze dat ook wel, dacht Lotte.

'Best, als jij dat zo graag wilt,' zei hij met een grijns.

Ze hadden allebei hun taken in huis en een ervan was Shaila uitlaten: zij 's middags, Niek 's avonds. Lotte sloeg haar armen om hem heen en gaf hem een zoen op zijn wang.

'Nou ja! Ben jij wel lekker?'

Lotte maakte een maf sprongetje en sprintte weg voor hij vragen kon gaan stellen. Het was nog te vroeg om hem iets over Hessel te vertellen. Al was hij haar tweelingbroer, Niek hoefde niet direct alles te weten.

En dan moest er wel wat te vertellen zijn. Ze kwam Hessel niet tegen op de stoep voor zijn huis, al hoopte ze er elke dag op. En naar binnen kijken kon ook niet, want hun voortuin was te groot en er waren te veel struiken. Ze wist natuurlijk ook niet welk slaapkamerraam van hem was. Maar altijd gluurde ze naar het huis en zo vaak mogelijk liep ze erlangs, dromend van een ontmoeting.

Niek en Shaila hielden allebei heel veel van Lotte deze weken, want zelfs toen het weer omsloeg, bleef Lotte extra rondjes lopen. Steeds troostte ze zichzelf met het idee dat ze Hessel in ieder geval op zaterdag op de manege zou zien. Daar kon ze naar hem kijken, daar kon ze met hem praten. Alleen gingen de lessen veel te snel voorbij en hij zei ook niet meer hoe goed ze reed. Wat wilde ze dat graag nog een keer horen...

Het werd oktober. Vanwege de onstuimige wind en de aanhoudende regen werd er binnen paardrijles gegeven. Lotte reed slordig. Ze had haar aandacht niet echt bij de les en haar paard Chanel was dwars vandaag, alsof die haar onrust leek aan te voelen.

Vanuit haar ooghoeken keek ze steeds naar Hessel. Soms keek hij terug en dan glimlachten ze naar elkaar, maar Hessel lachte ook naar de andere meiden! Net nog, aan het begin van de les, had hij staan praten en lachen met twee van die trutten. Zo ver was ze al heen, dat ze de andere meiden bijna haatte! Elke les nam ze zich voor: vandaag zou ze toch echt op hem afstappen. Maar dan wachtte ze met een bonkend hart op hem bij de ingang van de manege en dan kwam hij eraan en dan zei ze ademloos: 'Hoi!' En niet meer. Zij was op weg de grootste mislukkeling op liefdesgebied te worden.

Hoe moest je zoiets aanpakken? Wat hadden Nicole en Dana ook alweer aangeraden? Gewoon duidelijk zijn: hé, ik heb zin wat met je af te spreken... Maar Lotte durfde niet. Hij was een leuke, knappe jongen en al die meiden droomden natuurlijk van hem. Waarom zou juist zij opvallen? Waarom zou hij wat met haar willen?

En toch... Terwijl ze de opdrachten van de leraar opvolgde, oefende ze in gedachten voor straks, als de les was afgelopen: Hessel, wacht even. Ik wil je wat vragen. Heb je zin om een keer een eindje mee te lopen met mijn hond, je weet wel...

Ach nee, dát was pas stom! Dat vroeg je toch niet aan een jongen! Maar wat dan wel?

Toen de les was afgelopen, had Lotte nog steeds geen geschikte openingszin. Wel was ze kletsnat van het zweet. Ze zag dat Hessel de teugels overgaf aan de volgende berijder. Maar niemand reed na haar op Chanel, dus moest ze haar aftuigen en droogkammen. Normaal gesproken deed ze dat graag, ze hield van de geur van de stallen, de damp die van dat enorme paardenlijf afsloeg, die lieve ogen die ineens zo dichtbij waren en het gesnuif en het gebonk van de andere paarden. Maar nu was ze liever tegelijk met Hessel naar buiten gelopen. Misschien hadden ze bij de fietsen nog even kunnen staan praten, misschien hadden ze samen op kunnen fietsen en misschien had ze dán de moed gehad te vragen of hij een keer met haar naar de film wilde of zo...

Chanel brieste ongeduldig en zelfs tijdens het roskammen had Lotte moeite met haar. Ineens voelde ze dat er iemand achter haar stond. Hessel! Was hij dan niet weggegaan?

'Wil ze niet? Wacht maar, ik help je wel even,' bood Hessel aan. Hij legde zijn hand op de hals van het paard en begon het te strelen. 'Stil maar, meisje, wat is er dan? Heb je een slechte bui vandaag? Geeft niets hoor, heb ik ook wel eens. Waar krijg jij een slechte bui van, Chanel? Mooie naam heb je trouwens. Jullie paarden hebben allemaal mooie namen op deze manege.' Hij praatte en Lotte voelde het paard ontspannen. Met lange halen kamde ze de vacht tot die glom. Terwijl ze om het paard liep, luisterde ze naar de stem van Hessel: 'Ja, mooie namen hebben jullie. Maar daar had ik het niet over. Ik had het over een slecht humeur. *Ik* krijg de zenuwen van mijn ouders, die almaar willen dat ik meer doe voor school. Ze zitten voortdurend aan mijn kop te zeuren: Hessel, doe je huiswerk, Hessel, ruim je sportkleren op, Hessel, zoek een baantje. Ik doe te weinig, zeggen ze, ik ben maar een lui en ondankbaar schepsel. Gek word ik ervan! Vandaag was ik ook onrustig. Dat komt door een meisje. Ik vind haar aardig, maar ik weet niet goed hoe ik erover moet beginnen. Weet jij dat, Chanel? Ach nee, natuurlijk niet, jij hebt alleen verstand van paardenproblemen. Als jij maar kunt draven, haver hebt, of wortels, en een schone stal... Dan ben jij tevreden, hè?'

Lotte, die zelf ook rustig was geworden van zijn geklets, begon te trillen. Waar had hij het over? Wat bedoelde hij? Ze durfde niet op te kijken, haar hand bleef beverig doorgaan met roskammen, maar plotseling werd ze tegengehouden. Er lag een hand op haar hand. Aan die hand zat een arm. En aan die arm... Hessel!

'Ik bedoel jou...' Drie woorden in die stal. Lotte hoorde vreemd genoeg ook hoe haar adem haar lijf verliet, om met een diepe zucht terug te keren. Ze keek eerst nog even naar hun handen, die samen de roskam vasthielden. De vacht van Chanel, de kam, haar hand, Hessels hand. Zijn duim die licht heen en weer bewoog. Toen keek ze hem aan en ze glimlachte. Hij deed een klein stapje dichterbij. Daarom deed zij dat ook maar. Zo stonden ze bijna met hun heupen tegen elkaar aan. Hun handen bleven nog een moment roerloos op elkaar liggen. Zelfs Chanel hield zich rustig, alsof ze nieuwsgierig was naar de afloop. Ineens was het moment voorbij. Hessel stapte naar achteren en zei: 'Zo wordt het nooit wat met het verzorgen van dit paard.'

'Ik vind jou ook leuk,' zei Lotte snel.

Nu was het zijn beurt om verlegen te zijn, zag Lotte. Ze wachtte af. Nee, ze wilde niet langer afwachten! Ze deed een stap in zijn richting en bracht haar hand naar zijn gezicht. Net voor ze hem kon aanraken, aarzelde ze toch even. Toen legde ze haar hand maar op de mouw van zijn trui. De andere hand kwam ook weifelend omhoog, niet zeker van zijn doel, maar voordat Lotte een beslissing had genomen, lagen zijn armen al om haar heen en hij drukte haar tegen zich aan. Lotte legde een moment haar hoofd tegen zijn schouder, en hoorde hem diep zuchten.

Lotte wilde zijn ogen zien. Die waren ineens heel dichtbij. Onscherp dichtbij. Ze voelde hoe zijn lippen die van haar raakten. Als vanzelf kuste ze terug. Zijn hoofd ging naar achteren en ze keken elkaar even aan. Blij glimlachte Lotte naar hem. Toen zoenden ze opnieuw.

Chanel brieste tevreden, maar dat drong niet tot hen door.

4

Veel te laat kwam Lotte thuis. Ze hadden een tijdje staan zoenen in die stal. Toen moest Chanel nog verder verzorgd worden, want Lotte was nog niet klaar geweest met het paard. En buiten in de motregen bij de fietsen hadden ze nog even staan praten. Hand in hand waren ze in een slakkengangetje naar huis gefietst, om de tijd maar zo veel mogelijk te rekken. Lotte had niet geweten dat je zó langzaam kon fietsen, maar het laatste stuk was Lotte naar huis gevlógen.

Haar ouders en Niek waren al begonnen met eten. Snel trok ze droge kleren aan en ze schoof aan tafel.

'Sorry, ik stond met iemand te praten en toen was ik de tijd even een beetje vergeten,' zei ze schor.

Niek schopte haar plagend onder tafel tegen haar been.

'Met Hessel?' informeerde hij.

Lotte voelde dat ze kleurde.

'Yes!' riep hij, maar Lotte schopte terug om hem het zwijgen op te leggen.

Natuurlijk wilde hij wel alles weten. Dus na het eten, samen op de bank met MTV aan, begon hij haar uit te horen: 'Wat zei hij? En wat deed hij? En toen?'

Lotte was helemaal hyper, ze danste op de bank, ze gilde en vertelde alles wel vier keer, tot Niek geïrriteerd riep: 'Houd nou maar op, nu weet ik het wel!'

Maar ze was nog niet uitgepraat. Ze wilde wéér, méér over Hessel vertellen. Ze stuurde Dana en Nicole een smsje en besloot naar Karima te gaan.

Die zat met haar zussen voor de tv.

Lotte wenkte haar. 'Kom je even mee? Ik moet je wat vertellen.'

'En dat mogen wij niet horen?' vroeg Nezha.

'Wij zijn dol op geheimen,' zei Jamila.

'Andere keer,' beloofde Lotte.

Boven op Karima's kamer barstte Lotte los: 'Ik heb verkering! We hebben gezoend!'

'Echt? Wat leuk! Vertel!' Karima straalde gewoon met Lotte mee en al mocht ze niets met jongens, ze wilde wel alles weten.

'Maar ik heb ook een nieuwtje,' zei ze toen Lotte uitverteld was. 'Ik heb er een neefje bij. Mijn tante heeft een baby gekregen.'

Nu begon Karima enthousiast te vertellen. Het neefje was goed gezond en volgende week zou het geboortefeest zijn met veel familie en lekker eten. Daar had ze nu al zin in! En zij, Karima, had de baby al vastgehouden. Ze was er de hele middag geweest en ze vond het zó lief en zó leuk, zo'n pasgeboren kindje. En hij róók zo lekker… Ze had hem ook al een schone luier omgedaan en haar tante had gezegd dat ze maar vaak moest komen oppassen.

Lotte staarde haar aan: waar hád Karima het over? Baby's? Lekker ruiken? Luiers? Stiekem dacht ze aan de lucht in de stal die ze nog nooit zo lekker had gevonden als vanmiddag.

'Leuk joh! En wat voor kleur haar heeft 'ie?' Lotte stelde zomaar wat vragen, ze moest toch enthousiast lijken voor haar vriendin.

Maar veel tijd hadden ze niet meer, Jamila kwam hen roepen dat GTST begon.

Karima keek Lotte aan: 'Kijken?'

'Tuurlijk!'

Beneden ploften ze bij de zussen op de bank. Tijdens de begintune keek Lotte om zich heen naar de kamer die altijd zo keurig opgeruimd was. Heel wat netter dan bij haar thuis! Ze hadden hier prachtige gordijnen, die waren op een heel kunstige manier met veel ronde plooien links, boven en rechts van het raam opgehangen en er hingen allemaal kwastjes aan. Mooi vond Lotte die. Aan de muur hingen geen schilderijen en ingelijste foto's zoals bij hen, maar teksten uit de Koran.

Lotte zat tussen Karima en Jamila in, en naast Jamila zat Nezha, de oudste. Wat waren die drie toch verschillend, dacht Lotte. Nezha droeg altijd een djelabba over haar kleren, terwijl Jamila kleren droeg die Lotte zelf ook zou uitzoeken. Ze keek naar de prachtige lange haren van alle drie. Mooi, dik en vol haar. Heel wat beter dan die vlasplukken van haar! Zonde dat ze die moesten verbergen! Ze gaf Jamila helemaal gelijk dat ze wel eens zonder hoofddoek liep. Lotte wist het nog heel goed toen Karima een hoofddoek ging dragen. Ze had het zo jammer gevonden van dat mooie donkere haar. Al wist ze best dat het Karima's eigen keus was: alles bedekken behalve haar handen en gezicht. 'Zo wil mijn geloof dat.' Ze hoorde het Karima nog zeggen.

Hè, wat zat ze nou te denken? Ze vergat helemaal op te letten, er was een stevige ruzie aan de gang. Wat was er aan de hand?

'Ik heb iets verschrikkelijks gedaan,' hoorde ze zeggen. 'Ik ben met Milan naar bed geweest.'

Dat was niet haar eigen vriend... Lotte zuchtte. Hoe zou dat zijn om met iemand naar bed te gaan... O, Hessel... Het vlammetje laaide weer op. Zou zij dat ooit met Hessel mee gaan maken? Nou ja! Nu ging ze wel heel ver met denken...

Ze moest met haar aandacht bij GTST blijven, zo miste ze de halve aflevering. Maar Hessel was zo lief... Wat ze vanmiddag had meegemaakt, was zo bijzonder...

Kijk, ze gingen zoenen! Nu was dat anders om te zien, nu ze zelf ook gezoend had! Ze keek opzij naar Nezha en Jamila. Die waren drieëntwintig en eenentwintig. Zouden zij... Vast niet, dat mochten ze toch niet... Wat gek, nou had zij iets meegemaakt... En die grote meiden...

Ze hadden ook nog twee broers, die zaten tussen Jamila en Karima in. Dat leek Lotte wel heel gezellig, zo'n groot gezin, zij had alleen Niek maar.

En Hessel? Zou die broers of zussen hebben? Met hoeveel zouden zij in dat grote huis wonen? Ze kon het hem nu vragen!

Hè, ze kon zich deze keer echt niet op de tv concentreren. Lotte probeerde heel bewust haar gedachten stil te zetten en de ruzies op het scherm te volgen. Heftige emoties kwamen voorbij! Daarna kwam het volgende stel in beeld met de heel erg verliefde jongen die stotterend bekende hoe verliefd hij op het meisje was, hoewel hij best wist dat zij al een vriend had... Hij kon het niet meer voor zich houden, hij moest het haar zeggen...

Hoe zou zij reageren? Lotte zag hoe ze zich naar elkaar toe bogen. Ja, er kwam een zoen! En na die ingezoomde zoen trok de jongen zijn T-shirt uit en samen met zijn overspelige vriendinnetje rolde hij op de bank... en het beeld veranderde... in een praatprogramma met vier saaie mensen rond een tafel.

Lotte keek opzij naar Nezha die de afstandsbediening in haar hand had. Nee hè, doen ze het weer! Hier zapten ze altijd weg als er bloot in beeld kwam.

'Ah toe!' smeekte ze. 'Ga terug!' Ze moest hier ook eigenlijk geen GTST kijken... Zat je tegen pratende koppen aan te kijken als er een spannende scène was, alleen omdat die meiden zich zo gauw schaamden!

Jamila stootte Nezha aan. 'Het kan nu wel weer.'

Ja, inderdaad, die vrijscène was alweer voorbij en de volgende was begonnen: ze zaten aan tafel te eten. Jammer! Als Karima bij haar thuis keek, deed ze niet zo flauw.

'Dat doe je bij ons niet,' zei Lotte dan ook toen ze weer op Karima's kamer zaten.

'Als ik bij jullie ben, kijk ik een andere kant op,' was het antwoord.

Lotte keek Karima aan. Geen jongens voor Karima. Zelfs niet op tv.

5

Lotte was al vroeg wakker. Ze keek op de wekker, pas half zes. Ze probeerde weer te slapen, maar ze bleef rondjes draaien in haar bed. Wat stom, dacht ze geërgerd. Nu ze vijftien werd, moest ze op de ochtend van haar verjaardag toch gewoon door kunnen slapen tot de wekker afliep? Ze was geen klein kind meer! Maar er dwarrelden te veel gedachten door haar hoofd. Feest, vandaag! Vanmiddag kwamen haar beste vriendinnen en een paar van Nieks vrienden en ze mochten allemaal blijven eten.

Hessel zou vanmiddag voor het eerst bij haar thuis komen! O, wat was het leuk om verkering te hebben, al bijna vier weken! Lotte was zo veel mogelijk bij hem. Ze hoopte maar dat haar vriendinnen niet uit wraak wegbleven, vanmiddag. Nee, dat was onzin: Dana en Nicole snapten het wel. En Karima was veel bij haar tante en de pasgeboren baby, dus dat kwam ook wel weer goed uit. Op school zagen ze elkaar wel natuurlijk. Als Lotte dan over Hessel vertelde, was er... Hoe moest ze dat zeggen? Karima praatte wel mee en wilde ook wel van alles weten, maar het was anders dan met Nicole of Dana. Als het om vriendjes ging, kon ze beter bij haar Nederlandse vriendinnen terecht.

Het leek uren te duren voor de wekker afliep. Ze stond op om te douchen, trok haar nieuwe kleren aan en in een feestelijk humeur ging ze naar beneden.

'Hé, meid! Gefeliciteerd!' Haar ouders omhelsden haar en gaven dikke felicitatiezoenen. De kamer was versierd, er stonden bloemen op tafel en er lagen lekkere broodjes klaar. Maar ze moesten nog even op Niek wachten voor ze eraan konden beginnen. Naast hun borden lagen de pakjes klaar, voor Lotte een grote doos, voor Niek juist een heel klein pakje. Niek kwam na drie keer roepen slaperig beneden, die had er duidelijk geen last van gehad dat hij op de ochtend van zijn verjaardag vroeg wakker was.

Nu kon Lotte haar cadeau openmaken. Ze hield nieuwe rijlaarzen omhoog. 'O, mooi! Hier ben ik heel blij mee!'

Niek kreeg een nieuw horloge. Toen gaven ze elkaar nog een cadeautje, Lotte kreeg een paardenkalender van Niek en zij had voor haar broer een dvd gekocht. Na het ontbijt moest ze nog haast maken om op tijd op school te zijn. Haar vriendinnen omhelsden haar met veel gejoel en gejuich. Wat was het toch heerlijk om jarig te zijn!

In de kleine pauze trakteerde ze op gevulde koeken. Ze zaten met bijna iedereen bij elkaar.

'Hoef jij niet?' vroeg Marcel aan Karima, een van de jongens die vanaf de brugklas bij hen in de klas had gezeten, een koek in de ene, een boterham in zijn andere hand.

'Het is ramadan,' zei Karima.

Marcel keek schuldbewust naar zijn gevulde handen en Karima glimlachte. 'Ga je gang, hoor.'

Arno, die ook net een grote hap uit zijn koek had genomen, zei ineens: 'Vind je dat niet moeilijk? Wij zitten hier lekker te bikken en jij zit toe te kijken met een rammelende maag.'

Karima schudde haar hoofd. 'Mijn maag rammelt niet.'

Arno keek haar ongelovig aan. 'Als ik een dag niet mag eten, zou mijn holle maag het geklets van de hele kantine overstemmen.'

Marcel viel hem bij: 'Ik zou tot niets meer in staat zijn.'

Nu begon Karima te lachen. 'Je went eraan, hoor.'

'Zitten jullie daarom apart?' Marcel wees naar het groepje van Fouzia, Souhaila en Anisah en naar Hicham, Faruk en Ismet.

Karima glimlachte verontschuldigend. 'Dat gaat vanzelf. Maar vandaag zit ik bij Lotte.'

Het uur daarop hadden ze Nederlands. Lotte liet zich op haar plaats zakken en keek de klas eens rond. Een aantal van hen had inderdaad niet kunnen profiteren van haar traktatie. Er waren op hun school veel meer kinderen met ouders die uit een ander land kwamen. Souhaila en Fouzia waren samen de andere beste vriendinnen van Karima. Fouzia was ook Karima's nichtje, maar ze zat in een andere klas. Anisah kwam uit Irak, Hicham had ook Marokkaanse ouders, en de ouders van Faruk en Ismet waren Turks, wist ze. En dan had je nog Chan Juan, Rakesh, Rafy en Arman, maar waar hun ouders oorspronkelijk vandaan kwamen, wist Lotte eigenlijk niet.

De leraar Nederlands had voor hen het lokaal opengedaan, maar hij moest nog even iets kopiëren, dus de les was nog niet begonnen.

'Waarom doen jullie dat toch, jezelf vrijwillig uithongeren?' vroeg Dana. 'Ik moet er niet aan denken.'

Bijna ieder jaar stelde iemand wel die vraag, dacht Lotte.

Karima zei: 'We eten wel! Zolang het licht is, mag je niet eten en drinken. Voordat de zon opgaat, eten we en als de zon onder is, mogen we ook weer eten. Dat doen we dan vaak met het hele gezin, dat is altijd heel gezellig. Of we eten bij familie.'

'Maar waarom?' herhaalde Nicole Dana's vraag. 'Je krijgt er zo'n honger van.'

'Dat is nou net de bedoeling,' zei Souhaila. 'Honger en dorst. Dan weet je wat dat is, en dan geniet je veel meer als je wel mag eten. En je bent blij dat je altijd genoeg eten hebt. Dan weet je weer dat dat niet voor iedereen zo is.'

'En als je ziek bent?' vroeg Arno.

Souhaila antwoordde: 'Dan hoef je niet te vasten, maar je moet het later wel inhalen.'

'En dat is wel moeilijk hoor, als je het in je eentje moet doen,' zei Karima.

'Ja, samen is het veel gemakkelijker,' zei Anisah.

'Het is echt een gezellige maand,' zei Faruk.

'Als ramadan in de zomer valt, heb je pech!' zei Marcel.

Ismet haalde zijn schouders op. 'Zo veel maakt dat voor ons niet uit.'

En Souhaila voegde eraan toe: 'Ramadan is een heilige maand voor ons. Ik vind het een geweldige tijd. Iedereen heeft een goed humeur, het is gewoon heel gezellig als je zo veel bij elkaar bent.'

'Van honger word je vrijgevig naar anderen toe, en dat moeten we leren,' vulde Hicham aan.

Arno trok zijn wenkbrauwen op. 'Ik zou er juist heel erg hebberig van worden, geloof ik.'

Er werd gelachen.

'Je leert je lusten in bedwang te houden,' zei Ismet met een grijns.

Arno gaf hem een klap op zijn schouder. 'O ja, ook geen seks!'

De jongens lachten.

'Ik geloof daar geen bal van!' zei Dirk-Pieter ineens. 'Wat nou, vrijgevig? Hoezo "in bedwang"? Wat een onzin, man! Die Marokkanen zijn heus ook tijdens ramadan wel crimineel!'

Er viel een stilte. Nee hè, dacht Lotte, daar heb je die etterbak weer. Ze zag dat Karima en Souhaila schrokken, en Hicham kneep zijn lippen samen.

Triomfantelijk keek Dirk-Pieter Faruk, Hicham en Ismet aan. 'Het klopt gewoon niet wat jullie zeggen. Jullie moeten meevoelen met mensen die arm zijn. Waarom pikken jullie dan tasjes? Hè? Waarom breken jullie dan auto's open?'

Faruk sprong op. 'Hou op!' Hij greep Dirk-Pieter bij de mouw van zijn trui. 'Let op wat je zegt!'

En Hicham riep erdoorheen: 'Hou je bek, man! Wat een ónzin, stomme kaaskop!'

'Dat is geen onzin! Dat weet toch iedereen, hoe crimineel Marokkanen zijn!' zei Dirk-Pieter.

'Mijn broers zijn niet crimineel,' riep Karima boos.

En Souhaila zei tegelijkertijd: 'Je moet wel verschil maken, hoor!'

Faruk had Dirk-Pieter nog steeds vast en trok hem naar zich toe. 'En ik ben helemaal geen Marokkaan!' Toen duwde hij de jongen van zich af en trok een gezicht alsof hij vuil in handen had gehad.

'Nou ja, Turken of Marokkanen, één pot nat,' zei Dirk-Pieter uitdagend. 'Nee, één pot buitenlanders of eigenlijk: één pot profiteurs. Dubbele paspoorten zeker?'

'Wij zijn geen profiteurs!' Faruk was dichterbij komen staan en spuugde de woorden uit van kwaadheid. 'Wij zijn hier geboren, onze ouders betalen ook gewoon belasting! Wij zijn net zo Nederlands als jij.'

Dirk-Pieter keek hem minachtend aan. 'Maak dat de kat wijs. Kijk in de spiegel, je ziet er ook zo Nederlands uit!'

Op dat moment kwam de leraar de klas weer in.

'Meneer!' riep Hicham. 'Hij maakt racistische opmerkingen!'

'Hij zegt dat wij geen Nederlanders zijn,' vulde Faruk aan.

En Ismet zei: 'Hij beledigt ons!'

Hun leraar, bruine broek en bruin overhemd, bruine ogen en bruine huid, kwam bij hen staan. 'Wat is hier aan de hand?'

'Er is gisteravond ingebroken in de auto van mijn vader,' zei Dirk-Pieter onmiddellijk. 'En daar maakte ik een opmerking over. That's all. Zij overdrijven gelijk zo...'

'Dat is niet waar!' riep Hicham. 'Hij beledigde mij!'

'Hij is een racist!' riep Faruk er dwars doorheen.

'Iedereen op zijn plaats!' beval de leraar. 'En dan om de beurt vertellen!'

Even later werd de ruzie min of meer herhaald. Vooral de jongens waren aan het woord, en dan vooral Hicham, Faruk en Ismet. En Dirk-Pieter. Een paar Nederlandse meisjes vielen hem bij met voorbeelden van Marokkaanse jongens die op straat vervelend deden, waardoor zij zich niet prettig voelden.

Vage voorbeelden, vond Lotte. De enige Marokkaanse jongens die ze buiten haar klasgenoten wat beter kende, waren Karima's broers. Ze kon zich niet voorstellen dat die meededen aan intimidatie, dingen kapotmaken of aan diefstal. En die hangjongens? Daar besteedde ze nooit aandacht aan. Dan werd je ook met rust gelaten. Lotte luisterde nog even en wist niet goed wat ze ervan moest denken.

Maar algauw dwaalden haar gedachten af. Liever dacht ze aan haar feest vanmiddag, en aan Hessel die zou komen!

Toen ze thuiskwam, stonden er op tafel een grote taart en een paar flessen frisdrank klaar. Lotte voelde zich supertrots toen ze Hessel aan haar ouders voorstelde. Hij had een prachtig hangertje voor haar meegebracht, dat hij met trillende handen om haar hals vastmaakte. Karima kwam even langs om haar cadeautje te brengen, maar ze bleef niet. Ze had een prachtig versierd schrijfboek gekocht met blanco bladzijden en elastiek eromheen om het dicht te houden. Het leek wel Marokkaans.

'Dat is het niet, hoor!' zei ze. 'Ik heb het gewoon hier gekocht. Je kunt er van alles mee doen: schrijven, tekenen, foto's erin plakken.'

'Mooi! Dank je wel.'

Karima verzon altijd van die bijzondere cadeautjes, vond Lotte. Ze had ook voor Niek wat meegenomen: een cd met Marokkaanse rai-muziek. Daarna wilde ze weer naar huis. Lotte liep met haar mee de gang op.

'Waarom kwam je vanmiddag niet voor mij op?' vroeg Karima zacht toen ze samen voor de deur stonden.

36

Lotte keek Karima aan. 'Had ik me in dat jongensgedoe moeten mengen?'

'Niemand van jullie ging tegen Dirk-Pieter in, is jou dat niet opgevallen?'

Lotte zweeg verward. 'Jullie?' zei ze. 'Horen we nu ineens bij verschillende groepen?'

'En bij die discussie daarna deed je helemaal niet mee. Interesseert het je niet?'

'Tuurlijk wel,' riep Lotte gauw. 'Maar het duurde allemaal zo lang!'

Waarom wist ze niet, maar ze voelde zich ineens een beetje boos worden. Het was niet eerlijk van Karima. Even stonden ze tegenover elkaar zonder wat te zeggen.

'Bedankt voor je cadeautje, hè,' zei Lotte wat ongemakkelijk. 'Tot morgen op school.'

'Ja, en een fijne dag nog,' antwoordde Karima.

6

Ondanks de eerste novemberstorm stond Hessel onverwacht voor de deur. Het was vrijdagavond half acht, het eten was net op. Zijn gezicht was kletsnat, zijn jas droop van de regen. Toen Lotte hem zo zag, dacht ze heel even dat de regen ook in zijn ogen zat.

'Hé, wat leuk dat je langskomt!' Ze trok hem naar binnen en wilde zijn natte gezicht zoenen. Ze moest gewoon altijd eerst zoenen en hem voelen en zeggen hoe lief ze hem vond en hoe ze hem gemist had. Maar hij reageerde niet zoals anders. Hij sloeg zijn armen niet om haar heen en hij tilde haar ook niet op. Hij liet de zoen gebeuren, meer niet. Het water droop van hem af en maakte een plasje op de vloer van de gang. Haar liefde droop ook van hem af. Lotte begreep het niet.

'Ik moet even met je praten,' zei hij.

'O?'

Dit was niet goed. Bang keek ze naar hem op.

'Ja, het is niet leuk, maar eh…' begon hij.

Weer trok ze aan zijn arm. 'Kom toch maar even binnen. We kunnen hier niet blijven staan. Doe je jas uit…'

Hessel sjokte gehoorzaam achter Lotte aan naar boven. Ze haalde een handdoek voor hem en keek toe hoe hij zijn krullen droogde, die alle kanten op sprongen. Het vertederde haar. Goh, wat hield ze van hem! De regen leek niet uit zijn gezicht verdwenen. O bah, met wat voor problemen kwam hij? Dit was foute boel!

'Ik eh...' begon hij weer.

Ze zaten net als anders samen op haar bed, maar heel erg ongemakkelijk op het randje en normaal gesproken was er ook geen halve kilometer afstand tussen hen.

'Ik wil niet meer, Lotte. Het is over.'

Lotte verstijfde. Hè? Over? 'Hoe... hoe bedoel je?'

Hij haalde zijn schouders op. 'Wat ik voor je voel... Dat is over.'

Lottes hoofd werkte niet. Net of er een prop tissues in haar hoofd zat. Ze kon niet meer denken, ze kon niet meer praten. Haar keel voelde brokkig, haar lippen droog.

'Sorry,' zei hij.

'Maar... waarom...?' Ze perste de woorden naar buiten. Te zacht, Hessel verstond haar niet. Hij boog zich naar haar toe en Lotte dacht dat hij toch zou gaan zoenen. Zij wilde dat wel, zij wilde heel graag. Maar hij duwde haar van zich af en stond gauw op.

'Ik vind je nog steeds een leuke meid,' zei hij, 'maar niet meer op die manier.'

Lotte keek naar hem op. Ze wilde ook wel omhoogkomen, maar wist ineens voor honderd procent zeker dat haar benen haar gewicht niet zouden kunnen dragen.

'Dan kunnen we nog wel vrienden zijn?' Jakkes, wat piepte haar stem.

Hessel zuchtte. 'Ik weet niet. Later misschien.' Toen liep hij naar de deur. 'Ik kom er wel uit.'

Lotte wilde hem gillend achternalopen, zich op hem werpen om hem terug te halen, maar ze voelde zich helemaal slap. Haar spieren deden niets meer. Gebeurde dit echt? Nee toch? Verbaasd keek ze om zich heen. Was dit haar kamer? Was dit van haar? En deze armen, deze benen, dit gezicht, was zij dat? Het voelde allemaal zó raar! Haar vingers grepen in het dekbed. Dit bed, was dat van haar? Sliep zij hier? Kon ze... nu niet meer van hem dromen?

O, Hessel!

Nee, niet meer Hessel, nooit meer Hessel! Morgen zouden ze zes weken verkering hebben gehad... Kwaad gooide ze zich op haar buik en snikte het uit.

Karima keek haar vol medelijden aan. 'Och, wat erg voor je.' Ze streelde met haar hand over Lottes rug en schouders, waarop die meteen weer begon te huilen.

'Die rotzak!' snifte ze. 'Het zomaar uitmaken!'

Ze stonden de volgende ochtend vroeg op Karima's kamer. Gisteravond was Lotte in bed gekropen en er niet meer uit gekomen. Het kopje thee dat haar moeder had gebracht werd koud, omdat ze steeds zo moest huilen. Op een gegeven moment was ze ingeslapen en ze had zomaar de hele nacht dóórgeslapen.

Toen ze wakker werd, wist ze onmiddellijk weer wat voor ergs er was gebeurd. Zwaar van verdriet bleef ze liggen, maar slapen kon ze niet meer. Hoe kón het nou... Wat had zij fout gedaan? En op haar verjaardag had hij haar nog wel dat hangertje gegeven...

Ze zag dat het al een beetje licht werd en schoot overeind. Karima was vast al op, het was nog ramadan! Die zaten nu natuurlijk te ontbijten! Zou ze...

40

Lotte aarzelde niet, maar stond op, kleedde zich aan, gooide wat water over haar gezicht en borstelde haar haar. In het buurhuis mocht ze aanschuiven. Er stond brood, thee en fruit op tafel. Gek, dat je op zo'n moment gewoon lekker kon zitten eten! Lotte was helemaal verbaasd over zichzelf.

Ze zaten met z'n achten aan tafel: Karima, Nezha, Jamila en hun broers Mohammed en Fouad, Karima's ouders en zijzelf. Dit was dus de gezelligheid waar Karima het over had gehad. Thuis schoven ze haastig aan de ontbijttafel vlak voor ze naar school of werk moesten, en op zaterdag aten ze als ze wakker waren, Niek en zij later dan hun ouders. Alleen op zondag en met verjaardagen ontbeten ze uitgebreid met elkaar.

'Wij eten anders ook op onze eigen tijd, hoor,' zei Karima toen ze na de afwas samen op Karima's kamer waren. 'Maar als het ramadan is, eten we met het hele gezin.'

Nu kon Lotte over Hessel vertellen. Ze praatte en praatte en Karima zei heel lief: 'Kom maar weer, hoor, als je het moeilijk hebt.'

Het was een hele klus de zaterdag door te komen. Lotte werkte in de tuin, die winterklaar gemaakt moest worden, wandelde een eind met Shaila – niet door het park deze keer – en probeerde zelfs wat huiswerk te maken. Niet dat dat lukte. Er waren te veel gedachten die haar afleidden... De beelden van Hessel schoven steeds over de bladzijden van haar schoolboek. Ik word nóóit meer gelukkig, dacht ze. En het was zó verschrikkelijk om dat te denken, dat ze de zoveelste huilbui kreeg. En naar paardrijles ging ze dus mooi niet! Ze kon het niet aan hem nu te zien. Zou ze weer even naar Karima gaan?

Die deed haar best Lotte wat op te vrolijken, maar het duurde twee hele dagen voor Lotte aan Hessel kon denken zonder in janken uit te barsten. En nóg drie dagen voordat ze weer aan andere dingen kon denken dan aan haar ellende. School gaf wel wat afleiding, gelukkig. Heel langzaam voelde ze dat ze weer gewoon Lotte werd en een week later betrapte ze zichzelf erop dat ze zomaar weer kon lachen om Karima die gek deed.

Het was suikerfeest en ze werden als buren ieder jaar uitgenodigd om te komen eten. Lotte was vast gegaan, en moest eerst Karima's nieuwe kleren bewonderen. Daarna luisterde ze met een glimlach naar haar vriendin, die vrolijk over haar dag vertelde.

'We zijn dus héél vroeg opgestaan vanmorgen. Nog vroeger dan afgelopen dagen, om naar de moskee te gaan voor het salaat el ied. Daarna kregen we allemaal lekkere dingen, koekjes, snoep, thee, koffie, echt van alles en nog wat.' Karima's ogen glommen nog meer dan anders. 'Je bent heel trots, weet je, dat je het hebt volgehouden!'

Daarna waren ze langs hun familie geweest, vertelde ze verder, om hun een fijn suikerfeest te wensen en ze hadden cadeautjes gekregen! Trots liet Karima haar nieuwe armband zien.

'O, kun je dat bij mij ook doen?' vroeg Lotte terwijl ze op Karima's handen wees, die mooi versierd waren met henna. 'Mag dat? Kan dat?'

'Is goed.'

Even dacht ze nog dat Hessel dit nu niet zou zien. Zou

hij het mooi hebben gevonden? Nou ja, *zij* vond het prachtig. Vol bewondering keek ze toe hoe Karima de rug van haar handen beschilderde. Toen het klaar was, hield ze beide handen omhoog. 'Wat mooi!'

Daarna kwamen haar ouders en Niek en gingen ze aan tafel. Die stond vol met verschillende gerechten: allerlei bladerdeeghapjes, een tajine met een stoofschotel van vlees en groenten, veel fruit en dadels. Maar ook verschillende soorten Marokkaanse koekjes en een grote pot muntthee. Gek genoeg genoot Lotte heel erg van die gezellige avond lekker eten, en dan nog het meest van de zoete hapjes.

7

'Ik wil dit weekend uit,' zei Lotte. 'Ik wil naar de disco. Jij gaat zeker niet mee?' Ze had zin om te dansen, ze wilde het gevoel krijgen dat het leven allemaal nog de moeite waard was, drie weken na de ramp.

Karima schudde haar hoofd. 'Nee, mag ik niet. Maar er is zaterdag een buurtfeest voor vrouwen. Ga je met mij mee daarheen?'

Lotte fronste haar wenkbrauwen. Een buurtfeest voor vrouwen?

'Dat is altijd heel gezellig, hoor. Iedereen neemt lekkere hapjes mee en we kletsen en we dansen. We hebben altijd een hoop plezier!'

Lotte lachte. 'Alweer lekkere hapjes?'

'Tuurlijk!' Karima trok even aan haar hoofddoek. 'Als we laat thuis zijn, moet ik het wel aan mijn ouders…'

'Nee, niet 's avonds!' onderbrak Karima haar. ''s Middags natuurlijk!'

Lotte keek dom naar Karima, die het daarop uitproestte.

'Heb ik iets verkeerds gezegd?' vroeg Lotte verontwaardigd. O ja, die vrouwen mochten natuurlijk 's avonds de straat niet op. Snel vroeg ze: 'Kun je 's middags feestvieren?'

'Moet jij eens zien!'

Het was in ieder geval een goede smoes om paardrijles weer over te slaan. Ze zou volgend weekend dan wel met Dana en Nicole uitgaan.

Zo stonden Karima en zij aan het begin van de middag in de keuken om bastilla te maken: bladerdeeg gevuld met kip en amandelen. Lotte likte haar vingers af en zei: 'Dit is alvast oké.'

Daarna gingen ze zich omkleden en opmaken.

'Wat moet je aan naar zo'n feest?' vroeg Lotte.

'Gewoon, wat leuks.'

Nou, dat was een duidelijk advies. Lotte stond een kwartier voor haar klerenkast voor ze kon beslissen. En nog aarzelde ze of die rok met die gekleurde kousen en gestreepte trui wel kon. En als het warm werd, kon ze dan wel in haar hemdje dansen? Maar het was zo'n mooi hemdje met die glittertjes…

Ze nam haar halve klerenkast mee naar Karima die het hemdje en de rest goedvond. Zelf had Karima een roze bloes aangetrokken en ze droeg een rokje over haar spijkerbroek. Lotte keek toe hoe Karima twee hoofddoeken omknoopte in twee bijpassende kleuren, een effen en een roze gestreepte. Ze deed nieuwe roze schoenen aan.

'We gaan hoor,' zei Karima even later tegen haar moeder die nog in de keuken bezig was. 'Bislema, tot straks.'

'Veel plezier!'

Het liep tegen drie uur toen ze met het lekkers in een trommel naar het buurtfeest liepen. Er waren heel wat vrouwen, zag Lotte, van verschillende nationaliteiten. Ze kende natuurlijk Nezha en Jamila, ze kende Yaba en haar Surinaamse moeder die ook bij hen in het rijtje woonden en ze kende nog een paar gezichten uit de buurt, maar daar hield het wel mee op. Wat onzeker ging ze op een van de stoelen zitten die aan de kant geschoven waren. Arabische muziek, of wist zij veel waar die muziek vandaan kwam, klonk onwennig in haar oren. Moest ze hier de hele middag naar luisteren? Ze bleef het een gekke tijd vinden om 'uit' te gaan. Ze keek naar de vrouwen die druk bezig waren met de laatste voorbereidingen. Ze zocht Karima op om te vragen of ze nog iets kon doen. Er was heel veel lekkers en er waren kannen vol geheimzinnige sapjes.

Nu kwamen er meer bekenden binnen: Souhaila en Fouzia, en nog wat meiden van school. Lotte ging bij hen staan. Ze zagen er allemaal prachtig uit en ze hadden zich mooi opgemaakt. En er waren niet eens jongens die hen konden zien…

Niet alleen jonge vrouwen, ook verschillende oudere vrouwen kwamen naar dit feest. Gek hoor, zij zou dus nooit naar hetzelfde feest gaan als haar moeder, echt niet!

Veel van die vrouwen kwamen even met haar kletsen. Ze zeiden dat ze het leuk vonden dat Lotte er was, en of de volgende keer haar moeder meekwam. Dácht het niet, dacht Lotte stiekem. Maar ze vond de vrouwen aardig, en het duurde niet lang of ze voelde zich meer op haar gemak. Toen trok Souhaila haar mee om te dansen.

Dat was ook anders: dansen op die vreemde klanken in plaats van op gewone popmuziek. Lotte zag dat veel van die vrouwen geweldig met hun heupen konden bewegen. Ze probeerde ook met haar billen te schudden, maar het zag er natuurlijk niet uit!

En zo danste ze te midden van allemaal vrouwen. Lotte grinnikte in zichzelf. Ze snoepte van alle lekkere dingen en toen Karima ernaar vroeg, zei ze: 'Ja, ik vind het wel leuk hier.'

'Maar?'

Wat kende Karima haar toch goed! 'Ik mis het toch een beetje dat er geen jongens zijn.'

Karima lachte en trok Lotte mee naar de zijkant van de zaal. 'Ik moet even zitten, mijn voeten doen pijn van het dansen. Kom, nemen we wat lekkers en wat drinken mee.'

Ze zochten twee stoelen op en Lotte zei: 'Nee, ik mis Hessel.'

Het voelde ineens weer zo zwaar. Ze keek naar de grond en haar blik viel op de roze schoenen van Karima. 'Ze zijn wél mooi!'

Die knikte. 'Ja, maar het is niet handig om nieuwe schoenen aan te doen naar een feest.' Ze deed ze uit en begon haar tenen te masseren.

Ondanks haar pijnlijke voeten straalde Karima. Ze zag er ook zo mooi uit, dacht Lotte. Ze kon er niets aan doen, maar die ogen van Karima! Had zij maar zulke ogen! Zo'n stralende blik! Zo mooi warm en bruin! Die van haar hadden een vervelende kleur groen. Niek had ook groene ogen, maar op de een of andere manier stond het hem goed. Het is het enige waarin we op elkaar lijken, zei hij vaak.

'Ik vind het altijd heel gezellig met alleen meisjes en vrouwen,' zei Karima.

Geen jongens voor Karima, dacht Lotte opnieuw. Miste zij die jongens niet? Goh, en wát als...

'Ben jij wel eens verliefd geweest?' vroeg ze aarzelend aan Karima.

'Nee!' Karima schudde haar hoofd.

'Kan toch gebeuren?'

'Nee, niet!' klonk het beslist. 'Dat doe ik niet, dat wil ik niet.'

'Maar...' Lotte zweeg even. 'Verkering hebben is juist hartstikke leuk!'

'Zal best,' zei Karima en met een klein lachje liet ze erop volgen: 'Tot het uitgaat...'

'Ja, dat is wel erg...' gaf Lotte toe.

Met haar blik op de dansende vrouwen zei Karima: 'Ik mag niet uit, ik mag geen vriendje. Dat vind ik wel eens jammer, maar ja. Je doet het niet. Voor je geloof. Voor je ouders.'

Ze vond het dus wel jammer! Maar wat Lotte niet begreep...

'Voor je ouders?'

Dan zat zij, Lotte, anders in elkaar. Ze begreep best dat je sommige dingen niet deed omdat je ouders dat niet wilden, maar je deed toch heel veel gewoon wél.

'Ik zou niet iets doen waarmee ik mijn ouders verdriet doe.'

En Karima zei dat allemaal doodkalm! Als *zij* van haar ouders geen vriendje mocht of niet uit mocht gaan... Poe, dan zouden ze wat beleven!

'Maar als je nu tegen jezelf zegt dat je niet verliefd wilt worden... en het gebeurt tóch?' vroeg Lotte. 'Dat doe je toch niet expres?'

'Dan zorg ik dat ik er zo snel mogelijk van afkom.'

'Makkelijk gezegd!'

Was het zo warm in de zaal? Lotte zag dat Karima een kleur had gekregen, maar zelf moest ze ook het zweet van haar voorhoofd vegen. Ineens besefte ze pas goed hoe anders Karima tegenover jongens stond. Ze was zo gewend aan het anders zijn van Karima dat het niet meer opviel hoe verschillend zij tweeën waren.

'Maar wat nou als je wat ouder bent, en je wilt wel een vriendje. Ik bedoel... Je moet toch op een gegeven moment een jongen leren kennen? Jij ziet nooit jongens!'

Karima glimlachte. 'Dat zie ik dan wel. Mijn familie weet dan wel een leuke jongen.'

Vol afgrijzen riep Lotte uit: 'Je laat je toch niet uithuwelijken!'

'Nee!' zei Karima snel. 'Ik zou me nooit laten koppelen. Mijn ouders laten me vrij, hoor! Maar wat ik bedoel: zij kennen dan wel jongens en dan maken we een afspraakje en zo leren we elkaar kennen. Misschien klikt het dan wel.'

'En als het nou niet klikt?'

'Dan kent iemand van de familie wel weer een andere jongen.'

'Maar als je gaat trouwen, heb jij nooit eerder een vriendje gehad.'

'Nee, ik zou nooit zomaar verkering willen. Inschallah, zo Allah het wil, wacht ik op die ene met wie ik ga trouwen.'

'Maar... maar...' stamelde Lotte. 'Je moet toch weten hoe ze zijn? Ik bedoel, straks ga je trouwen en dan heb je nog nooit een jongen van dichtbij gezien. Dan weet je niets van mannen en van seks.'

De rode kleur op het gezicht van Karima werd dieper rood. O ja, niet over seks praten.

'Ik ga helemaal niet "straks" trouwen,' zei Karima. 'Dat duurt nog een paar jaar. En pas als ik getrouwd ben, heb ik seks. Punt. Er iets over weten? Dat zie ik dan wel weer.'

Lotte keek haar aan. 'Goh, ik heb er nooit zo bij stilgestaan hoe verschillend we eigenlijk zijn.'

Karima haalde haar schouders op. 'Valt wel mee, hoor.' Ze sprong op. 'Hé, gaan we weer dansen?'

Lotte wapperde met haar hand. De henna was nog vaag zichtbaar. Nee, nog even niet dansen. Ze moest nadenken. Ze haalde wat te drinken en ging weer zitten.

Wél, dacht Lotte, Karima was wél anders. Maar anders dan... Dan zij? Kijkend naar die bonte vrouwen dacht ze: wie is er nu eigenlijk anders?

8

Er was iets anders, dacht Lotte de week na het feest. Maar wat? Ze zat in de klas, ze hadden Nederlands en het was doodstil om haar heen. Arno had een boekbespreking, maar daar luisterde ze niet naar. Een of ander saai oorlogsverhaal. Nee, dan straks, dan was Dana aan de beurt, dat werd leuk!

Nu zat ze wat na te denken. Wat was er anders? Thuis was alles hetzelfde. Haar ouders werkten, Niek speelde elke dag fanatiek op zijn gitaar, samen keken ze naar MTV en samen maakten ze ruzie. Net als altijd. En zij wandelde veel met Shaila, ook als altijd.

Het had ook niets te maken met het sinterklaasfeest, dat ze voor het eerst niet meer hadden gevierd thuis. 'Jullie krijgen je cadeaus wel met kerst,' hadden Lottes ouders gezegd. 'Onder de kerstboom.' Best, vonden Niek en zij. Ze waren met zijn vieren naar de film geweest, heel gezellig. Anders dan anders, maar het was niet de verandering die ze bedoelde.

Lotte keek opzij, naar Karima naast haar. Die bleef ook altijd dezelfde vrolijke meid. Ze luisterde ook niet naar Arno, zag Lotte, maar was met haar huiswerk bezig. Karima vond het moeilijk in de derde, maar ze wilde beslist vmbo-t halen. Dus werkte ze superhard. Dat moest Lotte zelf eigenlijk ook, ze hadden nog een boel proefwerken zo vlak voor het kerstrapport. Maar ja, het wilde nog niet erg lukken met haar concentratie en als ze boven haar boeken zat, dwaalden haar gedachten alle kanten op. Ja, ze dacht veel na de laatste tijd. Was dat het misschien? Neem nou gisteravond. Ze had samen met Karima het proefwerk Engels zitten leren. Karima zat aan haar bureau, zij op haar bed. En ineens had ze gedacht: Karima draagt een hoofddoek omdat ze van de Koran haar schoonheid niet mag laten zien. Maar waarom eigenlijk? Ze wilde het weten ook.

'Dan worden mannen maar in verleiding gebracht,' had Karima geantwoord.

'Nou ja, waar slaat dat nou op?'

Karima haalde haar schouders op. 'Mannen moeten hun blik afwenden. Maar voor hen is dat moeilijk, daarom is het beter zo.'

Maar Lotte riep uit: 'En daar ben jij de dupe van! Ik draag toch ook een korte rok als ik daar zin in heb?'

Karima grinnikte. 'Sinds wanneer draag jij korte rokken in de winter?'

'Nou ja, 's zomers dan,' zei Lotte. 'En die mannen kijken maar een eind weg, hoor.'

'Maar dat willen we dus niet,' zei Karima.

'En Jamila dan? Die draagt haar hoofddoek niet altijd.'

'Jamila bezorgt mijn ouders veel verdriet. Ik wil graag aan de buitenwereld laten zien dat ik moslima ben.'

Karima had zich weer over haar Engelse boek gebogen, maar het had Lotte nog een tijdje beziggehouden. Mocht Karima haar mooie haar niet los dragen zodat mannen niet in verleiding werden gebracht? Maar daarom deed je het toch niet! Je mocht voor jezelf toch trots zijn op zulk mooi haar? Dat mocht de hele wereld zien! En moeten die mannen hun blik afwenden? Kunnen ze dat niet? Als vrouwen daarom niet konden aantrekken wat ze wilden, vond Lotte dat oneerlijk.

Lotte haalde haar spiegeltje uit haar etui. Even kijken, hoor. Hoe zat haar haar? Hoe zag ze eruit? Ze had beter met Karima van haar kunnen ruilen, dan konden haar eigen slappe plukken verborgen worden onder zo'n hijab.

Trouwens, als ze aan de jongens in de klas dacht, merkte ze daar niets van, dat zij zich niet konden beheersen omdat zij de haren of wat dan ook van de meisjes zagen. En het was toch gewoon leuk om naar elkaar te kijken? Goed, je hoorde wel eens verhalen van dronken jongens die in de disco meisjes lastigvielen, maar hier op school...?

Lotte klapte haar spiegeltje dicht en zuchtte. Er was hier op school een jongen waar *zij* graag naar keek. Guus heette hij. Hij zat in de vierde en hij was haar al een paar keer opgevallen. Elke keer als ze door school liep, keek ze naar hem uit. Ook in de kantine was het eerste wat ze deed, hem zoeken. Hij was lang en stevig, zo'n jongen waarvan je dacht dat je goed tegen hem aan kon leunen. Niet dik, alleen maar breed. Hij had lichtblauwe ogen waar zijn haar steil en te lang voor hing. Maar dat was juist spannend, net of hij wat verborg. Ze was nieuwsgierig naar hem.

Lotte werd opgeschrikt door rumoer om haar heen. O, de spreekbeurt van Arno was afgelopen. Karima schoof haar huiswerk aan de kant. Nu was het Dana's beurt. Lotte voelde hoe haar hartslag versnelde. Nu zou je het beleven…

Maar eerst moest de boekbespreking van Arno nog beoordeeld worden. Ongeduldig luisterde Lotte naar het commentaar van haar klasgenoten – hij praatte wel een beetje zacht, hij vertelde niet echt iets over de schrijver – en ondertussen zond ze blikken van verstandhouding naar Dana. Toen die naar voren liep, hield Lotte haar duim omhoog: succes!

Dana ging achter het bureau zitten. Dat was het enige wat leuk was aan de boekbespreking, dat je op de stoel van de leraar mocht zitten. Zo kon je ook een keer op de klas neerkijken, want het bureau stond op een verhoging. Lotte zag hoe Dana de stoel aanschoof en even heen en weer wiebelde voor ze begon. Ja hoor, de klas viel direct stil toen Dana haar boek omhooghield. Op de omslag waren een jongen en een meisje te zien die aan het tongen waren! Zo heette het boek ook: *Zoenen enzo*.

Dana begon: 'Ik houd mijn boekbespreking over *Zoenen enzo*, geschreven door Haye van der Heyden. Eigenlijk zijn het twee boeken in één: *Zoenen* en *Strelen*. Ik vertel over alle twee de boeken. Ze gaan allebei over een jongen en een meisje die verliefd op elkaar zijn. Het is een serie, deel één heet *Kusjes*, twee en drie zijn *Zoenen* en *Strelen*, en dan heb je nog *Vrijen* en *Liefde*.'

De klas gniffelde, je kon horen dat ze er zin in hadden, dacht Lotte tevreden. Dit was toch veel beter dan dat stomme oorlogsgedoe!

'Ik heb dit boek gekozen,' ging Dana verder, 'omdat ik

het interessant vond. Ik ken alle boeken over Jeroen en Pauline, en ik vind ze gewoon heel goed. Ze beschrijven het zoals het gaat, met liefde en vrijen en zo. Je kunt er een hoop van leren. En omdat wij er ook mee te maken hebben...' De rest was onverstaanbaar. Een paar jongens waren begonnen te joelen en wilden weten wat Dana precies bedoelde.

'Nou,' zei ze terwijl ze uitdagend de klas in keek, 'ik bedoel dat wij ook de leeftijd hebben om te gaan zoenen en zo.'

Nu praatte iedereen door elkaar. De leraar moest een paar keer tegen de klas zeggen dat ze stil moesten zijn voor Dana verder kon praten. Lotte grinnikte in zichzelf. Gistermiddag hadden ze een hoop lol gehad toen ze samen de boekenbeurt hadden voorbereid. Steeds als Dana een verdacht woord zei, kregen ze de slappe lach, en ook bij het voorlezen van de meest spannende stukken, had Dana zich niet goed kunnen houden. Maar na vier keer oefenen kon ze met een effen gezicht de bladzijden lezen. Zou ze zich nu ook goed kunnen houden?

Nou, Dana scoorde in ieder geval goed op aandacht van de klas. Ze had wel lef, Lotte wist niet of zij het zou hebben gedurfd.

Ze keek om zich heen om de gezichten van haar klasgenoten te kunnen zien. Jeetje, Karima keek als een kakkerlak, of hoe heette dat beest waarop je leek als je zuur keek. Die kon hier niet tegen, natuurlijk. Ineens stoorde het haar. Kon ze de grap er niet van inzien? Daarop zocht Lotte de gezichten van Souhaila – met hoofddoek – en Anisah, die er geen droeg. Die stonden ook al op stand 'wij schamen ons'. Gelukkig grijnsde de rest van de klas breed, ook Hicham, Faruk en Ismet!

Nadat Dana van alles had verteld over personages, de ontwikkeling die ze doormaakten, de tijd, de ruimte, en nog meer waarover je een eind moest lullen, las ze een stukje voor uit het hoofdstuk 'Rozengeur en maneschijn': Jeroen en Pauline gingen naakt zwemmen. Het bleke schijnsel van de maan weerspiegelde in het water en er waren duizenden miljoenen sterren terwijl Jeroen zijn onderbroek uittrok... Een paar jongens floten, een meisje begon aanstellerig te lachen. Prachtig, vond Lotte het.

Dana las de scène heel strak voor: 'Twee bleke, blanke lichamen. Nog niet volwassen. "Mooi," zegt Jeroen, "heel mooi!" Pauline drukt haar lichaam tegen het zijne en kust hem. Jeroen weet niet wat hem overkomt. Het is iets onbeschrijflijks.' Dana grijnsde even en sloeg haar boek dicht.

De klas protesteerde: 'Nee, verder lezen!'

Maar het enige wat Dana nog wilde, was vragen beantwoorden. Ze kreeg een achtenhalf voor haar boekbespreking.

En toen hadden ze nog gewoon een half uur les. Lotte stootte Karima aan. Ze wist het natuurlijk wel, maar ze kon het niet nalaten fluisterend te vragen: 'Wat was er? Je keek zo.'

'Ik kan er maar niet aan wennen,' antwoordde Karima zacht, 'dat jullie over zulke dingen kunnen praten...'

Weer kwam de irritatie boven. 'Nou, maar je komt het overal tegen, hoor. Je woont hier wel in Nederland.' Lotte zei het kattiger dan de bedoeling was.

'Wij hebben veel meer respect voor liefde en zo,' hield Karima vol.

'Doe niet zo tuttig! Dit is ook met respect geschreven.' Ze bogen zich over hun boek. *Wij.* Wij en *jullie.* Lotte zuchtte. Ze moest denken aan die discussie in de klas, toen Dirk-Pieter van die stomme dingen had gezegd. Waarom kwam je niet voor ons op? had Karima toen gevraagd. In de pauze vroeg ze: 'Karima, ben jij Marokkaans of Nederlands?'

Karima keek Lotte verbaasd aan. 'Ik ben Karima,' zei ze. En toen, wantrouwend: 'Hoezo?'

'Als je ook Nederlander bent, moet je er toch maar eens aan wennen dat wij over seks praten.'

Karima trok met haar mondhoeken. 'Seks voor het huwelijk is zondig, leren wij. Elke keer weer zegt mijn moeder tegen ons dat het enorm belangrijk is om als maagd het huwelijk in te gaan. Als je seks hebt voor het huwelijk kom je in de hel. Dan moet je vergeving vragen en hopen dat Allah je vergeeft.'

Lotte keek haar geschrokken aan. 'Echt? Is het zó erg?' Ze dacht aan het zoenen met Hessel. Hij had haar onder haar trui gestreeld, en zij hem. Hel? Zondig? 'Geldt dat ook voor mij?' vroeg ze half lacherig, half angstig. Stel nou...

'Jij bent geen moslima.'

Lotte besloot dat ze daar blij om moest zijn. Ineens ging er een schokje door haar lichaam. 'Kijk! Karima, die jongen! Die daar loopt!'

Ze begon een beetje te trillen toen ze zich uitrekte om hem aan te wijzen. Met een paar klasgenoten liep hij langs de balie van de keuken, helemaal aan de andere kant van de kantine.

'Welke?' Karima begreep niet wie ze moest zien.

'Die! Met dat spijkerjasje en die rode trui. Dat is hem!'

'Wie is dat?'

'Hij heet Guus.' Ineens voelde Lotte dat ze moest blozen. 'Hij zit in de vierde en ik vind hem leuk.'

Karima staarde haar aan. 'Hè, nu alweer? Meen je dat nou? Hoe kan dat, zó snel...'

Ja, we zijn heel verschillend, dacht Lotte. Lag dat aan haar of aan Karima?

9

In de kerstvakantie werd het winter, met heldere blauwe vriesluchten, maar Lotte had er geen oog voor. Ze had alleen maar aandacht voor Guus. Sinds ze verkering met hem kreeg op het schoolfeest vlak voor de kerstvakantie verwaarloosde ze alles en iedereen: haar schoolwerk, Dana en Nicole, Karima. Zelfs Shaila moest genoegen nemen met korte wandelingetjes. Tenzij Guus mee was, dan liepen ze een lekker lang eind, hand in hand, pratend over school, muziek, sport, tv, hun ouders en hun toekomst.

Bijna de hele kerstvakantie was ze bij Guus. Ze hingen op de bank voor de tv met cola en chips en zapten en zoenden de hele avond. Maar ook toen de school weer begon, probeerde ze zo veel mogelijk bij hem te zijn. Ze wilde niets liever dan bij hem zijn, naar zijn verhalen luisteren, samen clips kijken, hem aanraken, om hem lachen. De beste manier om je tijd door te brengen!

Want ze was verliefd. Heel erg. Erger dan ze op Hessel was geweest. Dacht ze. Ze zag Hessel weer bij paardrijles en ze snapte al niet meer van zichzelf dat ze zó van slag was geweest toen hij het uitmaakte. Ze zag nu de andere meiden met hem flirten. Best, zij had Guus! Guus was stoer. Guus maakte haar aan het lachen. Ze kon lekker tegen hem aankruipen. Hij kon haar zo aankijken, dan voelde zij zich mooi, en blij, en speciaal, en heel gelukkig!

En als ze niet bij hem was, dacht ze wel aan hem. Beleefde ze in gedachten steeds opnieuw hoe het aan raakte. O, die avond op het schoolfeest! Nog steeds hoorde ze in haar hoofd dat liedje dat speelde toen hij op haar af kwam: 'Dansen?'

Hij, Guus, vroeg of ze wilde dansen! Wauw! Het ongelooflijke ging gebeuren! Waar ze van droomde werd echt! Natuurlijk had ze gemerkt dat Guus haar blikken beantwoordde. Als ze langs hem liep op school, dan keek hij terug. En nog weer later lachte hij naar haar, of hij zei: 'Hoi!' Maar dat zo'n stoere vierdeklasser haar vroeg om te dansen, had ze echt niet verwacht. Wel gehoopt natuurlijk, en Dana en Nicole hadden haar al aangemoedigd: 'Ga nou naar hem toe! Nu! Hij kijkt naar je!'

Maar ze durfde niet, zo stom, ze kreeg het echt niet voor elkaar. En toen stond hij dus ineens voor haar! De rest van de avond dansten ze. Hij haalde cola voor haar, gaf haar complimentjes, en was steeds bij haar gebleven. Van een afstand hadden Dana en Nicole de vorderingen kunnen zien: eerst swingen, toen schuifelen met afstand, toen zónder ruimte tussen hen in. Alleen de eerste zoen hadden ze niet gezien, die kreeg Lotte in de gang bij de kluisjes, waar nog meer verse stelletjes naartoe waren gegaan, aangetrokken door het donker. Maar het was haar vriendinnen wel opgevallen dat zij verdwenen waren, en dat zei genoeg. Guus had haar thuisgebracht en nadat ze zijn mobiele nummer uit haar hoofd had geleerd, sloot ze de mooiste avond van haar leven tot nu toe af met nog meer zoenen.

Guus maakte een feest van haar leven! Hij nam haar mee

naar de sportschool. Hij nam haar mee naar de bioscoop. Hij nam haar mee naar een popconcert, en Lotte ontdekte hoe het leven ook kon zijn. Vol nieuwe, spannende dingen! Ook met vrijen. Steeds een klein stapje verder. Was dat zijn geheim? Hij leerde haar leven. Ze was niet meer aan het nadenken. Ze was aan het leven en ze hield ervan. Er was bijna geen plaats meer voor vriendinnen. Zelfs msn'en deed ze minder. Nu had Nicole ook dikke verkering, dus die had net zo goed weinig tijd, en Dana werd in beslag genomen door problemen thuis. Soms kwam ze binnenvallen om met Lotte erover te kunnen praten. Dan moest Guus maar even wachten. Dat vond hij niet altijd even leuk, merkte Lotte. Nou, ze moest ook af en toe op hem wachten. Hij deed examen dit jaar en moest leren voor zijn tentamens.

Karima bleef wel trouw komen, al ging ze altijd direct weer weg als Guus op de bank zat. Ze was heel verrast geweest toen ze hoorde van Lottes verkering, maar ze vond het fijn voor haar vriendin. Karima kwam meestal met iets van school langs en daar profiteerde Lotte van: ze kreeg een extra uitdraai van Karima's leesverslagen, en als ze samen aan een project werkten, deed Karima meestal meer dan zij. En soms als ze een proefwerk hadden, kwam Karima bij Lotte leren, zodat ze wel moest. Gelukkig maar, anders werd het helemaal een puinhoop met haar cijfers.

De enige die klaagde over de tijd die ze met Guus doorbracht was Niek. 'Ik lijk verdomme wel enig kind,' zei hij. 'Ik zit thuis alleen met papa en mama aan tafel, en ik heb niemand om ruzie mee te maken.'

'Je hebt je gitaar toch?' vroeg Lotte lief.

'Ja, die zit ook zo gezellig mee te eten.'

Lotte gaf hem een stomp tegen zijn schouder en hij stompte terug. 'Maar ja,' zei hij.

'Wat, maar ja?' vroeg Lotte.

'Kleine zusjes worden verliefd, zo gaat dat.'

'Ik ben toevallig wel de oudste, hoor!'

'En ik ben de verstandigste,' zei Niek.

'Ja, hallo!' Lotte trok haar wenkbrauwen op. 'Kun je dat bewijzen?'

'Verliefde mensen verliezen hun verstand. Kijk maar naar je cijfers!'

Dat liet Lotte niet op zich zitten. Al had hij honderd keer gelijk, ze vloog hem aan en stoeiend rolden ze over het vloerkleed. Algauw kon ze geen kant meer op omdat hij op haar bovenbenen zat en met zijn handen haar polsen vasthield. Nieks lange haren hingen voor zijn ogen terwijl hij op haar neer keek. 'Dat is wel nodig, zeg, die sportschool!' Hij kneep in de spieren van haar bovenarmen. 'Beetje slapjes!'

Lotte wilde dat ze onder hem uit kon komen, die etterbak, maar hij hield haar kronkelende lichaam goed vast.

'Vraagje.' Niek keek haar aan, zijn greep nog steeds stevig, maar zijn blik ineens ernstig. 'Wat geef je een meisje van vijftien op haar verjaardag?'

'Wie wordt er vijftien?'

'Een meisje, zeg ik toch?'

Lotte keek nieuwsgierig naar hem op. 'Welk meisje?'

'Je kent haar niet.'

'Dus kun je best zeggen hoe ze heet.'

'Nee, dat doe ik niet.'

'Dan geef ik geen tips.'

Niek liet haar los en stond op. 'Flauw.'

Lotte hoorde aan zijn stem dat hij teleurgesteld was. Hij vond dus echt een meisje leuk! Wauw!

Ze stond ook op en trok haar kleren recht. Ze somde op: 'Een paar tijdschriften, een lekker luchtje, oorbellen, een kettinkje, een tas, een mooie pen, chocolaatjes, een bioscoopbon.'

Niek plakte een zoen op haar wang. 'Dank je wel.'

Nou, wat serieus ineens! Die was dus echt verliefd, dat kon niet anders. Ze wilde hem naroepen, maar als hij haar naam al niet eens wilde zeggen... Ze zou hem bespioneren, daar kon hij op rekenen!

Maar zelf moest ze ook gaan nadenken over verjaarscadeautjes. Al gauw, op de allerlaatste dag van januari, was Karima jarig. En ook al vierden ze bij Karima thuis geen verjaardagen, Lotte ging altijd een cadeautje brengen en kreeg dan ook taart.

Karima's verjaardag viel op een vrijdag en Lotte ging uit school met haar mee. Ze had een mooie sierspeld gekocht in de kleur groen die Karima veel droeg. Toen Karima het pakje openmaakte en de speld uit het doosje haalde, kreeg ze een kleur. 'Wat mooi! Die was vast heel duur, dat had je niet moeten doen!'

Bij Karima thuis waren geen slingers en geen cadeautafel en geen vrienden die feest kwamen vieren. Alleen haar moeder en Nezha waren thuis. Met z'n vieren dronken ze thee.

Lotte dacht terug aan haar eigen verjaardag. 'Vind je het niet saai om geen feest te kunnen geven?'

Karima lachte. 'Wij hebben genoeg andere feesten. Met verjaardagen vieren jullie dat je een jaartje ouder bent geworden, wij denken dat we nu een jaar minder te leven hebben. Niet echt reden om feest te vieren... toch?' Lottes sperde haar ogen open. 'Getver, wat griezelig! Alweer een jaar minder te leven. Hè, bah! En daar denk je dan ieder jaar aan! Nou, lekker.'

'Ja, maar je denkt ook aan wat je het afgelopen jaar goed hebt gedaan en wat voor slechte dingen je hebt gedaan.' Lotte veerde overeind. 'Jij slechte dingen? O, biecht eens op!'

'Ja, dag!' Karima trok haar neus op. 'Dat is privé, hoor. Maar eh... wil je nog een stukje taart?'

Even later, toen Nezha en haar moeder de kamer uit waren, boog Karima zich naar Lotte toe en vroeg zacht: 'Luistert Niek wel eens naar mijn muziek?'

'Jouw muziek?' Lotte begreep niet onmiddellijk wat Karima bedoelde.

'Je weet wel, die ik hem op jullie verjaardag heb gegeven.'

Ja, dat gejengel herinnerde Lotte zich maar al te goed. 'Hoe kom je daar nu ineens bij?'

'Gewoon, we hadden het toch over verjaardagen? Ik dacht aan jouw verjaardag. Misschien was het een heel verkeerd cadeau en vond hij het niet mooi.'

'Nou, dan kan ik je iets vertellen,' zei Lotte. 'Ik word helemaal gek van die muziek.'

10

Haar agenda lag opengeslagen voor Lotte op tafel en ze telde de dagen tot de voorjaarsvakantie zou beginnen. Nog zeventien dagen, wat afgrijselijk gruwelijk lang! En wat een ongelooflijk saaie les was dit. Biologie. Gaap. Gááp. Was het maar vast middag, ze zou met Guus naar de sportschool gaan. Nog even en ze raakte verslaafd aan die sportschool. Ze begon het echt lekker te vinden.

Lottes blik dwaalde de klas rond en bleef hangen op Karima schuin achter haar. Hé, wat was er met haar? Ze zat ineengedoken op haar stoel en ze zag er absoluut niet goed uit. Ze zag bleek en had een donkere blik in haar ogen. Dat ze dat niet eerder had gezien! Lotte wist dat Karima niet zo van de winter hield, was het dat? Of zat ze ergens mee? Piekerde ze ergens over? Misschien werd het tijd zich eventjes met haar vriendin te bemoeien.

Onderweg naar de volgende les ging ze naast Karima lopen. 'Hé, Kariem, hoe is 't?'

'Goed, hoor!' zei die.

'Echt?' Lotte nam haar op. 'Geloof ik niet.'

'Ik ben een beetje moe. Wist je trouwens dat onze Nezha gaat trouwen? Van de zomer! In Marokko! Dat wordt drie dagen feestvieren! O, ik heb er zo'n zin in!'

Karima begon te vertellen. Lotte luisterde, maar keek ondertussen uit naar Guus. Ze kende zijn rooster uit haar hoofd, ze wist wanneer ze hem in de gang tegen kon komen. En als altijd maakte haar hart een sprongetje. Hem alleen maar eventjes zien, zijn blik ontmoeten, en soms in die ene tel dat ze langs elkaar liepen elkaar even aanraken met hun handen. Wat was verliefd zijn toch leuk!

Was dát het? Lotte veerde op tijdens de volgende les. Wat had Karima op haar verjaardag gezegd? Je denkt aan de slechte dingen die je hebt gedaan. Maar wat zou Karima nu voor slechts kunnen doen... Ze ging echt niet jatten of zo. Maar verliefd worden was ook erg in Karima's ogen.

Lotte staarde naar Karima die ijverig over haar economieboek gebogen opgaven zat te maken. Vragen dus! Zo gauw het kon!

Maar het kwam er die dag niet meer van. Uit school trof ze Niek in de huiskamer, die samen met een vriend gitaar speelde. Oorverdovend versterkt. En met een schok wist ze het: Niek! Karima was op Niek! Waarom had ze anders naar die muziek gevraagd? Helemaal niet omdat ze bang was dat ze een verkeerd cadeau had verzonnen. Ze wilde natuurlijk weten of hij ernaar luisterde. En dát betekende...

Het sloeg in als een bom. Lotte bleef staan en staarde naar de twee jongens die met hun vingers met een snelheid die haar altijd verbaasde over de snaren van de gitaar heen en weer sprongen. Van de ene plek naar de andere, van de ene toon naar de andere.

En Niek... ook! Waarom anders draaide Niek die Arabische muziek? En die vraag van laatst schoot nu ook door haar heen. Wat geef je een meisje dat vijftien wordt?

Karima verliefd op Niek? En Niek op Karima?

Het lied was uit en Lotte stond nog steeds zonder te bewegen naar die twee jongens te staren, helemaal vol van wat ze net dacht. Niek grijnsde naar haar. 'Je mond staat open.' Hij stootte zijn vriend aan. 'We maken indruk met onze muziek.' Lotte klapte haar kaken op elkaar. Hm, hij had gelijk. Stond zij even voor gek... Nou ja, wat kon het haar ook schelen. Toen rende ze zonder iets te zeggen naar boven, naar haar kamer, en plofte op haar bed. Goh, als die twee wat met elkaar zouden krijgen? Leuk! Zouden ze het al weten van elkaar? Zou zij ze misschien moeten koppelen? Zou ze msn opstarten en... Nee! Ho! Stop!

Het kón immers niet...

Arme Karima... Arme Niek...

Bij het avondeten betrapte ze Niek op staren. Verdacht, vond Lotte. En hij speelde liefdesliedjes, terwijl hij dat eerder nooit deed, omdat hij ze suf vond. Ook verdacht. Dat ze het niet eerder had gezien!

's Avonds kwam Karima met huiswerk bij Lotte. Mooi, nu kon ze ernaar vragen. De radio stond zacht aan en Lotte deed of ze geconcentreerd bezig was, maar gluurde door haar oogleden naar haar buurmeisje, die ook haar aandacht niet goed bij het leren had. Ineens zuchtte Karima heel diep.

Daar moest Lotte om lachen. 'Nou, die kwam uit je buik!' En toen flapte ze eruit: 'Wat is er toch? Je lijkt wel verliefd.'

Karima werd eerst nog bleker dan ze al was, en toen rood. 'Nee,' zei ze. 'Ik ben niet...' Ze kneep haar lippen op elkaar, knipperde met haar ogen en frummelde ongelukkig aan een pluk van haar haren, die op Lottes kamer nooit bedekt hoefden te zijn. Lotte zag hoeveel moeite ze had zich goed te houden.

Wel dus, dacht ze. Lotte legde haar hand op die van haar vriendin waarop die begon te huilen. 'Ach, Karretje toch.' Lotte gebruikte het koosnaampje dat ze al lang niet meer had gebruikt, maar nu zei ze het zomaar.

Karima snikte en knikte. Ze kon geen woord uitbrengen, al probeerde ze het wel.

'Nnneeeh... iih-hikk... wih... weh...' Happend naar adem deed ze pogingen een verstaanbaar woord uit te brengen.

'Huil eerst maar.' Lotte sloeg haar arm om haar 'aanstaande schoonzusje' en streelde over haar rug. Liefdesverdriet was vreselijk. Dat deed pijn, en je vriendin zo te zien huilen ook. Nadat Karima een beetje rustig was geworden, zei Lotte: 'Ik haal even wat te drinken.'

Even later zette Lotte een glas fris voor haar en zei: 'Nou?'

'Ik mág niet verliefd zijn!' Het klonk als een wanhoopskreet en Karima begon direct wéér te huilen. Het wás ook een wanhoopskreet, dacht Lotte terwijl ze opnieuw een arm om haar schouder sloeg.

'Maar je bent het wel. Daar kun jij niks aan doen. Dat gebeurt gewoon. Jij kiest er toch niet zelf voor!' Lotte probeerde de juiste woorden te vinden. Wat kon ze zeggen? Hoe erg was verliefd zijn? Zij wist niet precies wat er in de Koran stond.

'Nee,' snikte Karima, 'maar het gaat maar niet over!' Ze

boog voorover om een zakdoek uit haar schooltas te halen. Luid toeterend snoot ze haar neus. 'En daar moet ik wel zelf wat aan doen! Ik wil er niets mee en ik blijf toch aldoor aan hem denken... Ik ben al heel lang op hem...'

Lotte hield haar adem in. 'Wie?'

'Hé, broertje, wacht, ik ga met je mee!'
Die avond begon het licht te sneeuwen en Niek zou
Shaila uitlaten.
Niek vond het niet vreemd dat Lotte meeliep. Dat deed
ze wel vaker, maar de sneeuw was ook een goede reden.
Het was prachtig die witte vlokjes aarzelend naar beneden
te zien zweven, alsof ze niet zeker wisten of ze wel op de
goede weg waren. Vooral onder de straatlantaarns staken
ze mooi af tegen de donkere lucht. Maar ach, ze hadden
nog maar net hun bestemming bereikt, of ze losten op.
Niets bleef liggen.
Bracht de sneeuw Niek in een romantische stemming?
In ieder geval was hij in een praatbui. Lotte begon over
Guus en ze hoefde het woord verliefd maar te laten vallen, of hij begon te praten.
'Goh, dat is wel toevallig dat je daarover begint. Jij bent
verliefd, jij hebt verkering en jij weet dus wel een beetje hoe het werkt. Ik weet niet wat ik moet doen! Er is
een meisje... Ik vind haar zó leuk, maar ze ziet me niet.
Nou ja, nee, dat is dus niet waar. Ze ziet me wel. Ze
kijkt me aan met die donkere, geheimzinnige ogen van
haar, maar dan loopt ze voor me weg. Dat is toch niet
normaal?! Vindt ze me nou wel of niet leuk? Wat denk
jij?'

'Als iemand langer dan normaal naar een ander kijkt, is hij of zij verliefd,' hield Lotte zich op de vlakte.

'En hoe moet je een meisje duidelijk maken wat je voor haar voelt?'

'Maak een date,' stelde Lotte praktisch voor, 'vraag of ze meegaat een ijsje eten of zo.'

Ze hoorde zelf wat ze zei en begon te lachen. 'Nee, een patatje is nu beter.'

Hoewel, Karima in een snackbar? Maar wat dan? Wat kon ze Niek aanraden om met haar te doen? Ze mocht bijna niets. Vragen of Karima meeging Shaila uitlaten was dus ook geen goed idee. Ach, ze zou niet eens iets willen afspreken.

'Ik heb haar wel eens gevraagd iets samen te doen...' zei Niek. 'Maar ze mag niet. Er is een probleem...'

Lotte hoorde zijn stem trillen en keek opzij naar zijn strakke gezicht. 'Ik weet het,' zei ze.

'Wat weet je?'

'Karima. Toch?'

Ze hoorde een diepe zucht naast zich. Lotte grinnikte. Nou, leuk stel die twee! En maar zuchten! Direct erop dacht ze: goh, wat jammer eigenlijk: ze zouden echt een heel leuk stel zijn samen. Stel je voor! Niek en Karima! Geweldig zou ze dat vinden!

'Hoe weet je dat?'

'Er kan maar één reden zijn waarom je die jengelmuziek dag en nacht draait.'

'Ik vind die muziek toevallig mooi.'

'Niet toevallig!' zei Lotte.

Weer zuchtte Niek. 'Nee, gaf hij toe. 'Niet toevallig.'

Zonder te praten liepen ze een eindje door. Toen vroeg Niek aarzelend: 'Weet jij dat niet, wat zij voor mij voelt?'

Ze stapten nu flink door en hadden geen oog meer voor de bomen die wit werden. Shaila hapte naar een paar vlokken boven haar neus, en Lotte lachte.

'Hoeveel weet jij over moslima's?' vroeg ze.

'Niet zo veel...'

'Alleen als je het geduld kunt opbrengen en dan later met haar gaat trouwen, kun je over een paar jaar iets met haar beginnen.'

Lotte zat er wel mee. Twee mensen van wie ze hield, waren verdrietig. Ze vonden elkaar leuk... maar het kon nooit wat worden tussen die twee. Waarom dan niet? Och, ze wist het wel, maar begrijpen deed ze het niet. Het is toch mooi om verkering te hebben?

Moest ze Karima vertellen over Nieks gevoelens voor haar? En moest ze Niek nou nog zeggen dat Karima ook op hem verliefd was? Maakte het dat gemakkelijker voor hem, of juist niet? Moest ze proberen hen te koppelen? Ze kwam er niet uit.

Ze besloot om Dana en Nicole naar hun mening te vragen. Die waren voor openheid, en voor koppelen. Maar zij wisten niet precies hoe Karima in elkaar zat. Wist zij, Lotte, dat dan wel? Ze twijfelde steeds meer, tot ze het niet langer voor zich kon houden. Op school, voor de spiegel in de meisjes-wc, gooide ze het eruit.

'Niek vindt jou ook leuk.'

Ze had een heftige reactie verwacht. Of verbazing. Of

72

blijdschap. Maar Karima bleef rustig, keek haar in de spiegel aan en zei kortaf: 'Weet ik.'

Lotte was wel verbaasd. 'Dat weet je al?'

'Nou ja, dat had ik geraden. Zoals hij naar mij kijkt.'

'Ben je nu niet blij?' vroeg Lotte.

'Waarom zou ik blij moeten zijn? Ik wil niets met hem. Ik doe hem alleen maar verdriet.'

Nog steeds via de spiegel keken ze elkaar aan. Lotte zag een traan vanuit Karima's ooghoek over haar wang rollen, en nog een en nog een. Karima veegde ze driftig weg, waardoor het zwart rond haar ogen begon af te geven.

'Hè,' zei ze geprikkeld en met een papieren handdoekje veegde ze haar ogen schoon, waarna ze zich opnieuw begon op te maken. Lotte keek toe en ineens schoot haar een geweldig idee te binnen.

'Jullie kunnen elkaar op mijn kamer ontmoeten! Daar ziet niemand jullie! Daar zouden jullie samen kunnen zijn!'

Karima draaide zich met een ruk om. Haar gezicht was lelijk van de emoties, die Lotte niet begreep.

Ze siste: 'Snap je het niet? Ik doe al heel lang mijn best om ervan af te komen. Ik krijg er nachtmerries van! En dan stel jij voor dat we elkaar wel op jouw kamer kunnen zien?'

'Ja, maar,' verdedigde Lotte zich, 'dan hoeft niemand er toch iets van te weten? Dan is het net of je bij mij bent, maar ik ben er niet...'

'Maar daar gaat het niet om! Ik wíl niet, het mág niet! Het is verboden, het is onzuiver. Ik wil mijn moeder niet teleurstellen! Ik kan haar dat niet aandoen!'

Lotte luisterde verbaasd naar de boze woordenstroom.

'Ja, maar, luister nou! Dat hoeft echt helemaal niemand te weten, alleen jij en Niek en ik. Zelfs mijn ouders...'

'Nee! Ik moet kuis zijn. Ik wil kuis blijven...'

'Karima!' zei Lotte streng. 'Wie heeft het over vrijen? Je kunt hem zien, alleen een beetje praten...'

Karima schudde wild met haar hoofd. 'Nee! Nee! Nee!' Lotte werd bijna bang van haar, zo kende ze Karima niet.

'Maar wat kan er nou gebeuren, dan?'

'Het is van de duivel!'

Lotte sloeg haar blik omhoog. Hier snapte ze niets van. 'En als je nu met Niek gaat trouwen zo gauw jullie oud genoeg zijn?'

Karima's ogen werden groot van verbazing. 'Jij snapt ook helemaal niets! Ik kan alleen trouwen met een moslimjongen!'

Ze had het oogpotlood nog in haar hand. Die hand trilde toen ze het teruglegde in het make-uptasje van Lotte. Zonder nog een woord te zeggen liep Karima het toilet uit, de gang op.

De deur sloeg ze achter zich dicht.

Later op de dag probeerde Lotte weer met Karima te praten, maar die ontweek haar. Ze fietsten niet samen naar huis, ze kwam ook niet meer langs. Het was net of ze zich had teruggetrokken in haar hoofddoek, ze keek niet op of om.

Laat maar, dacht Lotte moe. Karima had het moeilijk. Ze zou vanzelf wel weer bijtrekken.

Niek had het ook moeilijk, zag ze. Hij wilde wél praten, en Lotte luisterde geduldig.

'Karima is ook verliefd op jou.' Lotte kon het uiteindelijk niet meer voor zich houden.
De zon brak door op zijn gezicht en hij grijnsde breed.
Lotte schrok ervan. 'Niet dat je er wat aan hebt,' zei ze er
snel achteraan. 'Je hoeft niets van haar te verwachten.'
'Maar... maar...' Nieks gezicht betrok, een storm van
emoties was zichtbaar en Lotte kon haar tong wel afbij-
ten. Had ze nu maar niets gezegd!
'Wat zei ze precies?' wilde Niek weten en Lotte vertelde wat er op de meisjes-wc allemaal gezegd was.
Lotte zag hoe hij slikte en slikte. Arme Niek. Wat kon
ze bedenken om hem af te leiden?
'Dvd'tje kijken?' stelde ze voor.

12

'Hé Kariem! Wat is er?'

Op een middag in de voorjaarsvakantie kwam Lotte bij Guus vandaan om thuis haar zwemspullen op te halen. Op dat moment kwam Karima met een rood hoofd en een huilgezicht het huis uit, en ze wou al met gebogen hoofd de tuin uit lopen, toen Lotte haar zag.

Karima keek op en alsof er niets aan de hand was tussen hen, begon ze: 'O, wat ben ik blij dat ik je zie. Ik heb ruzie met mijn ouders.'

'Jij? Ruzie? Zullen we naar mijn kamer gaan?'

'Nee, ik wil liever niet...' Ze gaf een knikje met haar hoofd in de richting van Lottes huis. 'Laten we een eindje lopen. Ik wil naar buiten.'

'Best, dan neem ik Shaila mee.' Lotte haalde haar mobiel tevoorschijn. 'Even Guus bellen dat ik een half uur later kom. Wacht je even?'

Het was een grijze winterse dag met een koude, gure wind. Ze stapten dan ook stevig door, maar op de momenten dat Shaila even moest ruiken aan een struik of een boom, rilden ze in hun jassen.

'Vertel!' zei Lotte.

'Ik ben veel aan het tekenen,' begon Karima.

Dat wist Lotte: Karima kon prachtig tekenen.

'En nu heb ik mijn ouders gevraagd of ik tekenles mag.

Maar dat mag dus niet. Ik vind dat heel erg! Ik wil zo graag beter leren tekenen!'

'Waarom mag dat niet?'

'Jongens, hè? Ze zijn bang dat daar ook jongens zijn. Dat willen ze niet. "Je zoekt het niet op, Karima!" zeiden ze.' Haar mond vertrok, alsof ze pijn had. Lotte begreep waaraan ze dacht. Aan *wie* ze dacht, verbeterde ze zichzelf.

'Wat jammer!' leefde Lotte mee. Karima had echt talent voor tekenen, dat hadden ze op school ook altijd gezegd.

'Ze vinden me ondankbaar, mijn ouders. Ik mag al zo veel, zeggen ze. Dat zei Nezha ook nog. Toen die vijftien was, mocht ze zelfs de stad niet in.' Haar stem werd zacht, aarzelend. 'Terwijl ik... Nou ja, ik mis al zo veel leuke dingen.'

Lotte stroomde vol. 'Echt rot voor je!'

'Ik wil zo graag... hoe zeg je dat? Ik wil mezelf ontwikkelen...'

Karima's stem werd meegenomen door de wind. Ze gebruikt dure woorden, dacht Lotte, maar ze had ineens heel veel medelijden met haar vriendin.

'Jammer dat je niet mee kunt gaan zwemmen. Ik ga met Guus naar het zwembad. Een beetje afleiding zou je goed doen.' Eigenlijk zou ze Guus nu moeten afbellen om iets leuks met Karima te doen.

'We kunnen deze week wel een keer samen gaan zwemmen,' stelde Karima voor, 'op het vrouwenuur.'

Lotte knikte. Dat was een beter idee. Fijn dat Karima weer met haar praatte. Toen liet ze er toch maar op volgen: 'Ben je nog boos?'

77

Karima schudde haar hoofd. 'Nee, en nog sorry dat ik zo lelijk tegen je deed. Ik was in de war.'

'Och,' zei Lotte, 'dat snap ik ook wel. Kauwgumpje?'

Maar het kwam er niet van. De volgende dag kwam Lotte bij Guus vandaan en ze liep zacht neuriënd achterom het huis in. Guus en zij hadden het zó fijn samen. Zelfs de mededeling dat hij zaterdag niet met haar af kon spreken, kon haar stemming niet bederven. Dan had zij mooi tijd om iets met Dana of Nicole te doen. Nietsvermoedend stapte ze de keuken in. In huis hoorde ze stemmen. Haar ouders waren allebei aan het werk, bovendien waren de stemmen lichter, voorzichtiger. Had Niek bezoek van een meisje? Wie zou er zijn? Het klonk als... Nee toch? Dat kon niet!

Lotte stapte zacht de gang in. De deur naar de kamer stond op een kier. Hè? Niek... en Karima!

Omdat ze het totaal niet verwachtte, was het een schok hen samen te zien, aan tafel, een meter van elkaar vandaan, maar heel geconcentreerd met elkaar in gesprek, alsof ze het liefst in die ander wilden kruipen. Dat was misschien ook wel zo, dat ze het liefst in elkaars armen zouden willen kruipen.

Ze hadden haar niet gehoord. Lotte keek een moment naar hen: haar broer en haar vriendin. Een mooi stel. Aarzelend bleef ze staan. Ze moest nu natuurlijk met veel lawaai nog eens binnenkomen, maar ze was ook nieuwsgierig. Waar hadden ze het over?

'Ja, maar Niek,' hoorde ze Karima zeggen, 'dat ik hier zomaar in en uit loop, is omdat ik dat mijn leven lang al heb gedaan. Mijn ouders wilden het verbieden toen ik twaalf werd, maar daar heb ik me tegen verzet. Dat ik niet zomaar meer naar Lotte mocht gaan, pikte ik niet! Ik heb er vreselijk ruzie om gemaakt! Tot ze toegaven. Ik mag niet bij andere mensen thuis komen, maar wel bij jullie.' Niek antwoordde niet, maar Karima moest wel lachen. Toen ging ze verder: 'Je trekt al net zo'n ongelovig gezicht als Lotte soms doet. Dat is nou eenmaal zo bij ons. Overal kun je broers tegenkomen.' 'Lotte heeft ook een broer. En die vindt jou leuk, Karima,' klonk Nieks stem.

Het bleef stil en Lotte hield haar adem in. Toen hoorde ze Karima zeggen: 'Ik weet wat je voor me voelt. Ik voel ook zoiets voor jou, en dat vind ik ergens wel speciaal, Niek. Het geeft me stiekem... een goed gevoel. En het idee dat jij aan mij denkt... Maar het is ook verkeerd. Ik wil niet...'

Lotte vergat voorzichtig te zijn, zó verbaasd was ze over de woorden en de toon waarop ze werden uitgesproken. Ze deed de deur een stukje verder open en zag nog net de verleidelijke blik die Karima Niek toewierp.

Twee geschrokken gezichten draaiden zich naar haar toe. Karima slaakte een klein gilletje, en sloeg haar handen voor haar mond. Toen ontspande ze. 'O, ben jij het...'

Niek wierp haar een stralende blik toe: kijk mij hier zitten met Karima!

Lotte bleef staan, niet goed wetend wat ze moest zeggen. Allerlei gevoelens gingen door haar heen: ze gunde het ze best, daar niet van, ze was blij voor hen, maar ze had zo'n medelijden met Karima gehad omdat ze niet verliefd mocht zijn, en nu zat ze hier een beetje te flirten met haar broer! Ze kon er niets aan doen, ze werd boos en riep: 'Wil jij nu wel of niet wat met hem? Je gaat niet met zijn gevoelens zitten spelen, hoor!'

Karima werd bleek. 'Zie je wel...' fluisterde ze.

Die woorden waren heel zacht, maar Lotte had ze wel gehoord, ook al riep Niek er nu doorheen: 'Zeg, waar bemoei jij je mee? Ik kan dit zelf wel aan!'

Karima stond op. 'Sorry,' zei ze tegen Niek. En 'Sorry,' zei ze ook tegen Lotte. Ze wilde de kamer uit lopen, maar Lotte hield haar tegen.

'Wát, zie je wel...?'

'Het is slecht wat ik doe. Ik heb spijt, ik had mezelf niet in de hand, ik ben een schande voor mijn moeder.'

'Houd nou toch eens op met die onzin!' riep Lotte uit. 'Hoe kun jij nou slecht zijn?'

Karima keek haar geschokt aan. 'Onzin? Durf jij dat onzin te noemen?'

O, help, nu had ze het natuurlijk verknald door haar godsdienst te beledigen! Maar Lotte zei: 'Ik mag mijn mening toch wel zeggen? Ik weet alleen maar dat liefde niet slecht kan zijn.'

'De liefde buiten het huwelijk is dat wél,' hield Karima vol.

'Séks voor het huwelijk, bedoel je,' zei Lotte bot.

Ze zag dat Karima rood werd. Lotte keek Niek hulpeloos aan, en die zei wanhopig: 'Houden jullie allebei op! Jullie hebben misschien wel allebei gelijk of allebei niet of weet ik veel.'

'Ik ga naar huis,' zei Karima.

'Karima, wacht!' Lotte liep haar achterna, maar ze reageerde niet meer. Ze verdween naar het buurhuis. Lieve help, ze woonden naast elkaar, maar soms leek haar buurmeisje van een andere planeet te komen!

Terug in de kamer liet ze zich op een stoel bij de tafel zakken, waar Niek met zijn hand onder zijn kin voor zich uit zat te staren.

'Nou, dank je wel,' klonk het boos.

'Ja, zeg,' verdedigde Lotte zich, 'ik kom ook alleen maar thuis.'

Het bleef een tijd stil.

'Een raar ding vind ik dat, die kuisheid,' zei Lotte nog. Niek zuchtte. 'En anders ik wel.'

13

Was het in de voorjaarsvakantie nog echt winter geweest, in maart werd het opeens voorjaar. Plotseling was het heerlijk zacht, bleken er ineens knoppen aan de bomen te zitten en barstten de bollen open. Als Lotte met Shaila wandelde, had het hondje het voorjaar in de bol. Ze dartelde als een lammetje en Lotte moest erg om haar lachen. Verder had ze niet veel te lachen. Dat zoiets op zo'n mooie dag kon gebeuren, vond ze misschien nog het meest ongelooflijke. Had ze het aan kunnen zien komen? Die paar keer misschien dat Guus met een smoes onder een afspraak met haar probeerde uit te komen? Omdat ze minder tijd met elkaar doorbrachten dan eerst? Maar ja... hij moest werken voor school, zei hij steeds. Logisch, hij deed eindexamen. Had ze dat moeten wantrouwen, dan? Zo wilde ze helemaal niet met iemand omgaan. En hij bleef lief en aanhalig.

De zon scheen zaterdagmiddag oogverblindend, de lucht was vol van de nieuwe lente en Lotte zoog die heerlijke lucht diep op. Ook Shaila had er zin in, ze blafte, ze zwiepte met haar staart, ze liep heen en weer, ze hapte naar de riem die Lotte in haar hand hield. Ze wandelden een heel eind, de nieuwe wijk helemaal door tot buiten de stad, door de weilanden en dan langs de vaart.

Toen ze het stel zag zitten, dacht ze eerst nog: o, wat romantisch. Hun fietsen lagen in het gras en ze zaten te zoenen aan de waterkant. Ze zag hen op de rug, hun armen stevig om elkaar geslagen.

Het volgende wat ze dacht, was: hé, zo'n trui heeft Guus ook. En daarna sloeg het in: maar dat ís Guus!

Lotte stond stil, het was net of ze geen adem meer kreeg. Iets groots had zich uit de lucht laten vallen, boven op haar. Het werd plotseling kouder, de kleuren om haar heen verbleekten. Haar wereld stortte in.

Voelde Shaila het aan? Ze blafte kort, keek naar haar baasje op en duwde haar kop tegen Lottes been.

Het stel aan de waterkant keek ook op, gestoord in hun vrijpartij. Lotte wist niet meer wat onder en boven was, laat staan hoe ze haar stem moest gebruiken of haar lichaam in beweging kon zetten. Ze wilde op hem af lopen, hem verrot schelden, met haar vuisten op zijn rug timmeren, maar ze kon niet anders dan ongelovig naar hem staren.

Guus stond op, hij trok aan zijn trui en grijnsde dom. Het meisje bleef zitten, zou zij weten wat er nu gebeurde? Ze keek heen en weer, haar gezicht een vraagteken.

Lotte schatte de afstand tussen zichzelf en Guus. Zes meter? Acht? Tien? Nee, hij was kilometers bij haar vandaan, en toch had ze hem nog nooit scherper gezien dan nu. Groot en mooi en een verrader.

Eindelijk vond ze haar stem terug. 'Hoe kun je dát nou doen?' gilde ze.

Guus kwam naar haar toe gelopen. 'Wacht, Lotje, ik kan het je uitleggen...'

Lotte schudde haar hoofd en weerde hem met beide handen af. 'Je hoeft niets uit te leggen. Ik begrijp het al.' Een raar soort snik kwam uit haar keel. Niet gaan huilen nu, niet waar hij bij was! Snel ging ze verder: 'Toch niet. Ik snap er helemaal niets van, maar het is uit! Klóótzak!' Toen kon ze ook haar benen weer gebruiken. 'Shaila, kom! We gaan naar huis. En ik wil jou nóóit meer zien!' Na elf weken en twee dagen had hij haar bedrogen. Of eerder ook al? Hoe lang was dit al aan de gang? Met grote, kwade passen liep ze weg. Hij had van haar afgepakt wat haar het liefste was. Zomaar. Hij zoende met een ander! Hoe kón hij?

Thuis zei ze niets, ze had er nog even geen woorden voor. Ze wierp zich op de tuin. Driftig wroette ze in de aarde, op zoek naar het antwoord: waarom had ze het niet zien aankomen? Was er iets mis met haar, dat alle jongens op een kwade dag op haar uitgekeken waren? Ze had een vaag plan te gaan snoeien, maar trok zomaar aan wat takken en struiken. Ze kon niet eens huilen, zó kwaad was ze. Wat een rotvent! En zelf was ze een stomme, onnozele, goedgelovige trut!

'Hé, pas je een beetje op?'

Wie stond er in haar tuin? Laat de hele wereld oprotten en zich alleen nog met zichzelf bemoeien! Maar deze persoon liet zich niet wegjagen.

'Lotte, meisje, wat is er? Je trekt complete struiken uit de grond en je neemt alle bollen mee!'

Nu keek Lotte pas op. De tuin was veranderd in een puinhoop en haar vader stond met een bezorgd gezicht op haar neer te kijken. Ze sloeg haar handen voor haar gezicht en begon te huilen. Haar vader trok haar overeind en nam haar in zijn armen.

Lotte snikte: 'Het is ui-huit!'

Hij liet haar huilen. De grote mannenzakdoek waarmee ze haar besmeurde gezicht afveegde, werd zwart van de aarde.

Nadat ze de tuin weer op orde had gebracht, verzamelde ze alle cadeautjes die ze van Guus had gekregen, trok de foto's van de muur en liep ermee naar de container. Weg ermee! Ze wilde niets meer van die lamzak tegenkomen.

Ze ging naar Nicole, en daarna naar Dana. Ze wilde er met iedereen over praten en iedereen kreeg ook te horen wat voor een klootzak ze hem vond. Thuis zei Niek: 'Ik had altijd al zo'n gevoel dat hij het een beetje achter de ellebogen had.' Maar hij zei ook: 'Dan kunnen we elkaar troosten. Gaan we samen iets leuks doen?'

Niet alleen Niek, iedereen was heel lief voor haar. De enige die raar reageerde, was Karima.

Maandag op school, na de les, zag Lotte haar in de kantine. Zou ze bij haar gaan zitten? Kon het weer? Ze hadden sinds die scène in hun huiskamer niet meer met elkaar gepraat. Maar ze moest het toch vertellen? Aarzelend liep ze op haar af.

'Hai. Mag ik bij je komen zitten?'

Karima keek op van haar wiskundeboek. 'Ja, hoor. Wat is er?'

Lotte vertelde over Guus. En toen zei Karima zomaar: 'Eigen schuld, dikke bult. Als hij je ware liefde was geweest, dan gebeurt zoiets niet. Blij dat ik zulk gedoe niet aan mijn hoofd heb.'

Lotte staarde haar met open mond aan. 'Wát? Hè?'

Even was ze te verbaasd om meer uit te brengen. Toen barstte ze los: 'Hoe kun jij nou zoiets zeggen! En jij bent mijn vriendin! Ik had van jou wel een beetje meer begrip verwacht. En... en... het was ook echte liefde, ik kon hier toch niets aan doen, ik bedoel... Ach, stik toch!'

Lotte graaide haar schooltas van de grond en slingerde die over haar schouder. 'Barst jij maar!' zei ze, terwijl ze met grote stappen de kantine uit liep.

14

Lotte had het even helemaal gehad met Karima. Op school trok ze met Dana en Nicole op, terwijl Karima steeds bij Souhaila en Fouzia ging zitten.

Lotte had het ook even gehad met school. Ze kreeg het niet voor elkaar om op te letten, haar agenda in te vullen, huiswerk te maken. Geschrokken zag ze die bladzijden in haar agenda die Guus en zij op een middag hadden volgekrabbeld. Nijdig scheurde ze die eruit. Weg! Weg ermee! Ze vulde haar dagen met... Nietsdoen, eigenlijk. Ze had geen zin. Ze had er de pest in. Ze piekerde. Wat was er mis met haar?

Niets, verzekerden Dana en Nicole haar. Zo ging dat met verkeringen. Het raakte aan en na een tijdje was de liefde over. Soms na een korte, soms na een langere tijd. Dan had je er genoeg van. Een van de twee, of allebei. Lotte had gewoon pech.

'Hij had het moeten zeggen! Hij had het eerst netjes uit moeten maken!' riep Lotte aangeslagen uit. Daar waren Nicole en Dana het niet mee eens: nu had Lotte het uitgemaakt, dat was altijd beter dan gedumpt worden.

Of had hij gedacht er twee vriendinnetjes op na te houden? Goh, ze was nog steeds woest! Dana en Nicole leefden helemaal mee.

Na die mooie dagen kwamen de maartse buien. Juist nu

vond Lotte het heerlijk om naar buiten te gaan en ze liep hele einden met Shaila, die ook geen problemen had met regen, wind of natte sneeuw.

Lotte liep veel door het park en als ze daarna door de laan met de grote huizen terugliep, stak ze altijd even haar tong uit. De straat was veel minder mooi nu, met die nog kale takken en lege tuinen. Ze kon wel beter naar binnen kijken, maar er was nog steeds weinig te zien. Saaie mensen! Maar ook liep ze langs de vaart. Gewoon omdat dat een mooi stuk natuur was. De plek waar Guus met dat grietje had gezeten, stond in haar geheugen gegrift. Ze liep er met een grote boog omheen. Soms bleef ze uren lopen, heerlijk! Shaila vond het een enkele keer te ver, dan hing haar tong uit haar bek en was ze compleet buiten adem als ze terug waren. Maar Lotte knapte ervan op.

Tijdens die wandelingen kwam ze meer mensen met honden tegen. Sommigen op steeds dezelfde plek, anderen op steeds dezelfde tijd, zoals die man van een jaar of dertig die ze eigenlijk een beetje zielig vond, maar die een erg leuke cockerspaniël had, of die oude vrouw met haar grappige teckel. Ze praatte altijd even met haar.

Fouad, de broer van Karima, kwam ze ook een keer tegen, maar natuurlijk zonder hond. Hij stond met een groepje vrienden bij het winkelcentrum waar ze langsliep en groette haar. 'Hé, schoonheid!'

'Hoi, Fouad.'

Toen Lotte doorliep, hoorde ze rennende voetstappen achter zich. 'Ik loop met je mee naar huis, vind je dat goed?'

Ze knikte. 'Best.'

'Nog wat leuks gedaan vandaag?'

Lotte wees op Shaila. 'Ik heb een eind gewandeld, helemaal de stad uit. Ik heb de eerste lammetjes gezien.'

'Die hond boft maar, ik zie je vaak met haar lopen.'

Lotte keek opzij. Sinds wanneer lette hij op haar?

Ze lachte. 'Ik heb al een paar schoenen versleten, er zat ineens een gat in m'n zool. En nu heb ik een blaar, dit zijn nieuwe schoenen, namelijk.'

Fouad keek omlaag. 'Mooie schoenen!'

Lotte fronste haar wenkbrauwen. 'Vind je?' Het waren schoenen om goed op te kunnen lopen en die waren nooit mooi.

Zelf droeg hij modieuze zwarte schoenen. En verder een spijkerbroek en een zwartleren jack. Vast een neppe, maar dat maakte niet uit. Het stond stoer.

'Hoe is het op school?' vroeg ze, meer om het gesprek gaande te houden dan uit interesse. Ze vond het wel leuk hier met hem te lopen. Fouad was een knappe jongen, daar mocht je mee gezien worden. 'Is het moeilijk op de havo?'

'Ja, best wel,' zei Fouad. Hij had vorig jaar examen vmbo gedaan en zat nu in havo-4. Hij trok een gezicht. 'Nou ja, ik houd gelukkig tijd over om met mijn vrienden een beetje niets te doen.'

Lotte lachte.

'Ik houd van nietsdoen, een beetje met vrienden hangen in de stad of hier bij het winkelcentrum. En jij? Houd je het een beetje uit op het Voorde College?'

'Ach, meestal is het wel gezellig.'

'In welke klas zit je?'

'Bij Karima toch?'

'En van wie hebben jullie allemaal les?'

Wist hij dat echt niet of was dat voor hem ook een manier om te blijven kletsen? Van Niek, die ook op de havo zat, wist ze precies welke leraren hij had. Maar zij waren met zijn tweeën thuis, en Fouad en Karima met z'n vijven. Dat was misschien wel anders. De oudste, Mohammed, díé kon goed leren. Hij had vwo gedaan en studeerde nu. Mohammed was de trots van de familie. Jamila had ook goede hersens, maar zij gebruikte ze niet, had Karima een keer jaloers uitgeroepen.

Ze kletsten wat over school en toen ze bijna thuis waren, vroeg Lotte het toch maar: 'Hoe is het met Karima?' Zou Fouad weten dat ze ruzie hadden? Ineens miste ze haar vriendin.

'Karima doet een beetje moeilijk,' antwoordde Fouad.

Karima? Dat kon ze zich bijna niet voorstellen. Los van de problemen en de ruzies van de laatste tijd was Karima altijd vrolijk en positief.

Lotte keek opzij naar zijn donkere gezicht. Hij had dezelfde mooie ogen als Karima en hun haarkleur was ook ongeveer gelijk. Alleen had hij krullen.

Maar wat bedoelde hij? Dééd Karima moeilijk of hád ze het misschien moeilijk? Had ze weer ruzie met haar ouders, zoals laatst, over die tekenles?

Plotseling kreeg ze zin om Karima weer te zien. Karima was er altijd geweest en ze hadden elkaar nu zo lang niet gesproken. Te lang. Weet je wat, ze ging gewoon naar haar toe. Het was toch ook eigenlijk te gek dat ze het nog niet weer goed hadden gemaakt!

Ze waren thuis aangekomen. Shaila trok aan haar riem, die had zin in water.

Lotte nam afscheid van Fouad. 'Zeg maar tegen Karima dat ik even langskom, vanavond.'

15

Het duurde lang voor Lotte over Guus heen was. Regelmatig verviel ze in sombere buien. Het was inmiddels april en het weer was aardig in de war. De ene week was het snikheet, de volgende week verlangde iedereen naar de opgeborgen winterjassen. Als ze met Shaila wandelde, vroren Lottes vingers zowat van haar handen, maar ze vertikte het om handschoenen aan te doen in april.

Of Niek over zijn verdriet om Karima heen was, wist ze eigenlijk niet goed, ze hield zich niet zo met hem bezig. Maar op een dag zag ze dat hij verdrietig was, ze zag het aan zijn gezicht en ze hoorde het aan zijn muziek. Die avond ging ze naar hem toe terwijl hij op zijn kamer zat te pielen op zijn gitaar. Ze klopte op de deur en keek om het hoekje. 'Hé broertje, is alles goed met je?'

Niek speelde zijn liedje helemaal uit en keek toen pas op.

'Het klinkt verdrietig,' zei Lotte.

'Ben ik ook.'

Lotte zag hem aarzelen. Vertellen? Niet vertellen?

'Je hoeft niets te zeggen, hoor,' zei ze. 'Maar ik dacht, ik moet toch eens vragen wat er is.'

'Jawel, kom maar, je weet toch al een en ander.'

'Karima?' raadde Lotte.

Die had zelf niets losgelaten. Ze hadden hun ruzie uitgepraat, Karima had haar excuses aangeboden, en ze gingen weer met elkaar om, maar ze praatten niet meer over jongens.

Niek knikte. 'Ja, Karima.'

Lotte ging op zijn bed zitten en keek even om zich heen. Overal lagen schoolboeken, stapels mappen, oude proefwerken en andere papieren van school op de grond, heel veel hitkranten, gitaarboeken, cd's, en daartussendoor zijn kleren, terwijl de halflege kasten er een beetje verwijtend op neerkeken. Op de vensterbank stond Nieks verzameling bierblikjes, aan de muur hingen verschillende popgroepen en een paar prachtige zangeressen. Nu had zij ook een hoop troep op haar kamer, maar ándere troep. En de kleuren waren anders, het dekbed, de posters. Ach, meiden waren immers anders dan jongens.

Niek zette zijn gitaar aan de kant en begon: 'Je weet nog wel dat Karima hier in de voorjaarsvakantie binnenkwam. Ze kwam toen voor jou, maar jij was er niet. Ik wist wel dat jij bij Guus was, maar zei per ongeluk' – en Niek grinnikte hier even om – 'dat jij zo wel zou komen en dat ze wel even mocht wachten. Eerst wilde Karima dat niet, maar toen bedacht ze zich, en we hebben heel leuk zitten praten. Heel... persoonlijk ook. Nou ja, toen kwam jij binnen en de rest weet je.' Niek veegde met een geïrriteerd gebaar het haar voor zijn ogen weg. Hij ging verder: 'Een poosje daarna kwam ik haar tegen bij het winkelcentrum. Ze was boodschappen aan het doen en we hebben heel even staan praten.'

Lotte trok haar wenkbrauwen op. 'Dat is bijzonder!'

'Ja, ik weet het. Ze was aldoor heel zenuwachtig.'

'Aldoor?' Lotte was verbaasd.

'Daarna kwam ik haar vaker tegen,' ging Niek verder.

'Dat wil zeggen... Dan ging ik ook naar de bibliotheek als zij naar de bieb ging.' Hij lachte zo'n beetje, dus vroeg Lotte: 'En hoe wist je dan dat ze naar de bieb ging?'

'Eerst was het toeval, later sms'ten we elkaar. Zo kon ik dezelfde boodschappen gaan doen als zij.'

Lotte viel van de ene verbazing in de andere. Dit had ze dus totaal niet verwacht! 'En van wie ging dit uit?'

'Van mij, maar Karima vond het goed om elkaar op deze manier te zien.'

'En hoe lang is dat al aan de gang? Ik weet hier niets van!'

'Op speciaal verzoek van Karima. Trouwens, niemand mocht het weten. Echt helemaal niemand. Het moest er altijd uitzien als een toevallige ontmoeting, voor het geval iemand ons zou zien. En ach, het is uiteindelijk maar een paar keer gebeurd.'

'Want?'

Weer veegde Niek met zijn handen door zijn haar. 'Haar zus, Jamila, had ons laatst geholpen elkaar te zien. We zijn naar de film geweest, naar de middagvoorstelling. Karima dus zogenaamd met Jamila, maar ze zat naast mij. En Jamila zat een eind bij ons vandaan. We zaten hand in hand, Lotte! Het was heel fijn, en ik heb niet veel van de film gezien...'

Lotte grinnikte. 'Wat leuk!'

'Ja, het was super, maar Karima kreeg spijt. Het was de eerste en tegelijk ook de laatste keer. Nu wil Karima me niet meer zien. En jij gaat hier dus niets over zeggen tegen haar, dat wil ik niet! Het is voorbij en dat was het. Ik kom er wel overheen.'

Lotte wilde haar mond opendoen om te protesteren, maar ze klapte haar kaken weer op elkaar. Als hij dat nou per se wilde...

'Sneu voor je...' Lotte dacht aan haar liefde voor Guus en al het verdriet dat zij gevoeld had en dat nog steeds niet helemaal over was... Er waren er dus meer met liefdesverdriet. Maar aan Karima had ze niets gemerkt. Of had ze niet goed gekeken?

Nee, ze zou niets zeggen tegen Karima. Maar al de volgende dag op school was ze het daar niet meer mee eens. Lotte was ook boos! Karima wilde niet, daarover had ze eindeloos gepraat, daarover hadden ze zelfs ruziegemaakt, maar ze deed het toch... Karima begon iets met Niek terwijl ze wist dat het verboden was en dat het altijd stiekem moest gebeuren. En vanwege haar principes liet ze hem meteen ook weer vallen...

Ze zag nu wel dat Karima het moeilijk had. Ze had weer die donkere blik in haar ogen. Goh, ze was wel erg met zichzelf bezig geweest de afgelopen tijd, dacht Lotte, dat het haar niet eerder was opgevallen...

Wat een liefdesellende! Het schoot Lotte te binnen dat Karima, toen die tegen haar was uitgevallen, had gezegd dat ze blij was dat ze zulk gedoe niet aan haar hoofd had. Dat was dus niet waar...

Op de fiets naar huis kon ze het niet meer voor zich houden. Toen zei ze zomaar: 'Mijn broertje is heel ongelukkig nu, hoor. Het is maar dat je het weet.'

95

Karima begon te slingeren waardoor hun sturen elkaar raakten, zodat ze allebei hun evenwicht dreigden te verliezen. Normaal was dat goed voor een gierende lachbui, nu beslist niet.

'Hé, kijk uit!' riep Lotte fel. Ze greep Karima bij haar arm, maar die duwde haar van zich af.

'En wat dacht je van mij?' snauwde ze.

'Ja, jij natuurlijk ook,' zei Lotte snel, maar ze kon het niet nalaten verder te gaan met: 'Maar jij wilde toch geen gedoe? Waarom heb je het dan toch gedaan?'

Karima begon harder te trappen zodat het leek of ze ervandoor wilde gaan. Lotte ging haar achterna. 'Hé wacht, ik ben je vriendin! Met mij kun je toch praten?'

Karima schudde al fietsend met haar hoofd.

Hoezo, geen vriendinnen? Heus wel, dacht Lotte kwaad. Ze wilde antwoord van Karima.

Ze fietsten het laatste stukje achter elkaar aan naar huis. In de brandgang naar hun achtertuin hield Lotte Karima tegen door aan haar bagagedrager te trekken.

'Laat los!' siste Karima.

Lotte deed het ook nog, even in de war gebracht door Karima's felheid. Die liep daarop met haar fiets hun schuur in. Lotte gooide haar fiets tegen de struiken en liep achter haar aan. Met haar benen wijd en de armen opzij tegen de deurposten aan blokkeerde ze de schuurdeur.

'Ik wil weten waarom je het hebt gedaan. Je wilde toch niets met een jongen beginnen?'

'Ssst!' siste Karima. 'Niet zo hard! De buurt hoeft het niet te horen…'

Iets zachter, maar nog steeds snibbig, zei Lotte: 'Geef

dan normaal antwoord op mijn vraag. Het is toch logisch dat ik wil weten…'

Ineens begon Karima zacht te jammeren. 'Ik heb niet naar Allah geluisterd! Ik heb schuld! O, ik heb schuld!'

Lotte keek haar verbaasd aan. 'Niek zei dat *hij* begon en jij goedvond…'

Karima onderbrak haar, met een klaaglijk stemgeluid dat Lotte niet eerder van haar had gehoord en dat zo vreemd klonk in die schemerige schuur. 'Ik had het niet moeten doen, maar ik verlangde zó…' Ze rilde en het leek een moment of ze niet verder kon praten. Toen ging ze toch door. Zacht zei ze: 'Ik hoop dat niemand ons heeft gezien en dat ik op tijd ben gestopt.'

'Je had er nooit aan moeten beginnen! Je wist dat het niet zou werken!' zei Lotte verontwaardigd.

'O Lotte, ik weet het wel! Ik heb iets vreselijks gedaan.' Karima beet op haar onderlip. 'Het is haram, wij noemen dat zina! Moge Allah mij vergeven wanneer ik fouten heb gemaakt en Allah weet het het beste.'

Na deze woorden draaide ze zich om en liep het schuurtje uit.

'Wat is zina?' riep Lotte Karima achterna, maar die keek niet meer om en liep zonder nog iets te zeggen weg. Lotte ging ook naar buiten, pakte haar fiets op en zette hem in hun eigen schuur. Ineens voelde ze hoe iemand haar arm beetpakte.

'En je hoeft je niet meer met mij te bemoeien, hoor je?' Karima stond weer voor haar, een felle, woedende blik in haar ogen. 'Jij met je vragen! Ik wil niet meer naar je luisteren! Ik heb er genoeg van!'

Maar dat liet Lotte niet op zich zitten. 'Nou ja, waar sláát dit op!' schreeuwde ze. 'Dat hoef ik niet te pikken. Je doet het zelf hoor, met je zina.'

Karima schreeuwde iets wat Lotte niet verstond, draaide zich om en liep weer weg. Het leek een herhaling van daarnet, maar dan in de andere schuur.

Lotte riep haar achterna: 'Stomme trut! Dan niet! Maar dan ook nooit meer!'

16

En ze meende het, dat nooit meer! Lotte keek Karima niet aan, Karima trok zich weer terug in haar groepje. Als ze elkaar toevallig tegenkwamen, zeiden ze niet eens 'hoi'. 'Alweer ruzie?' vroegen Nicole en Dana verbaasd. 'Die Marokkanen,' zei Lotte venijnig, 'ik snap niets van ze. Voor mij hoeft het niet meer.' Ze schrok van zichzelf, zo had ze nog nooit over Karima gepraat. Nou, die meid had het er zelf naar gemaakt!

Op internet zocht Lotte op wat zina was, want dat wilde ze wel weten, maar daar werd ze niet veel wijzer van. Ze vond wel een zin die haar erg bezighield. 'Het oog pleegt overspel, de hand, de voet, het lichaam en de tong plegen overspel. En het geslachtsdeel bevestigt dit of niet.'

Maar Karima had alleen maar een date met Niek, en wat hadden ze nou helemaal gedaan? Handje vasthouden, meer niet. Wat stelde dat nou voor? En overspel? Dat was toch als je getrouwd was? Op de site werd het woord in andere betekenissen gebruikt. Als je parfum op had en je ging naar buiten, was dat al overspel. Ze vroeg het aan haar moeder. Die kon uitleggen wat overspel in Nederland betekende, maar ze dacht dat het woord voor islamitische mensen wel eens een andere betekenis kon hebben dan voor hen. Maar hoe precies wist ze ook niet.

'Je gaat het niet aan Karima's moeder vragen, hoor!' zei

Lotte. 'Want dan gaat die denken dat Karima iets verkeerds heeft gedaan.'

Haar moeder keek haar aan en Lotte zag haar denken.

'Dat gaat je niet aan,' voegde ze er snel aan toe.

Haar moeder knikte. 'Goed, als jij dat niet wilt.' Naast hen stond Shaila aandacht te trekken. Ze likte aan de hand van Lotte en blafte kort. Lotte aaide haar over haar kop. 'Ja ja, ik weet het, het is tijd.'

Shaila liep onmiddellijk naar de deur, waar ze op haar baasje bleef wachten, driftig met haar staart zwiepend. Halverwege haar wandeling kwam Lotte Fouad tegen, die weer met haar meeliep. Ze kletsten over school, en over het weer, en over voetbal, waar Lotte helemaal geen verstand van had, en over paardrijden, waar Fouad weer niets van wist. Toen bedacht Lotte ineens dat ze hem kon vragen wat zina was.

'Waarom wil je dat weten?' vroeg hij.

O jee, nou had ze een probleem. Haar moeder kon ze om vertrouwen vragen, maar Fouad...

'O, dat woord viel op school,' zei ze snel, 'en we wisten niet precies wat het betekende.'

'Zina is ontucht, onkuisheid,' zei Fouad. 'Maar ook de weg ernaartoe wordt wel zina genoemd. Alle contact tussen mannen en vrouwen die niet getrouwd zijn, seks voor het huwelijk, overspel, homoseksualiteit, dat alles is haram, verboden.'

Lotte giechelde. 'En wij dan? Mag jij dan wel hier met mij lopen?'

Fouad haalde zijn schouders op. 'Voor ons is dat wat anders.'

Voor ons wie? vroeg Lotte zich af. Voor ons jongens? Voor Fouad en haar? Hm, dat was toch wel oneerlijk. Allerlei vragen kwamen boven, maar Lotte hield haar mond. Het was veel te leuk een eindje met Fouad op te lopen, ze wilde hem niet boos maken. Hij kletste, lachte, maakte grapjes en zei: 'Ik vind het leuk om met je te praten, je kunt goed luisteren.' En even later: 'Je trekt je neus zo leuk op als je lacht. Je moet maar veel lachen.' En vlak bij huis zei hij: 'Mag ik vaker met je meelopen?'

Lotte was verrast. 'Ja hoor, hoezo?'

Hij grijnsde. 'Ik vind haar zo'n grappig hondje...' Hij wees naar Shaila, die alweer fanatiek met haar staart sloeg, alsof ze voelde dat het over haar ging.

Ja, zal wel, dacht Lotte. Maar ze zei: 'Best. Ik wandel meestal 's middags met haar.'

'Ja, weet ik,' zei Fouad.

Vanaf dat moment kwam hij zo nu en dan uit het buurhuis tevoorschijn als ze Shaila uitliet. Of ze kwam hem op straat tegen. Ze betrapte zich erop dat ze naar hem begon uit te kijken.

Eind april, de laatste schooldagen voor de meivakantie, moest Niek drie dagen haar beurt om Shaila uit te laten overnemen. Ze gingen met school op excursie, drie dagen België!

Overdag was er een afwisselend programma, ze waren begonnen in Brussel met een stadswandeling en een museum, het minst leuke van alles. Morgen zouden ze de hele dag sporten, survivallen in een groot park met allemaal water en bomen en touwen en toestanden waar ze een heel circuit af moesten leggen, over en onder en door van alles heen moesten klimmen, dat ging best leuk worden. Maar de laatste dag werd helemaal super: dan gingen ze naar een pretpark. Dat werd natuurlijk het hoogtepunt.

Ze overnachtten in een oud kasteel waarin een jeugdherberg ondergebracht was. Ze sliepen met z'n zessen op een kamer. Dana, Nicole en zij lagen met nog drie meiden bij elkaar, maar nu zaten ze met z'n veertienen op elkaar gepropt in die kamer, acht meiden en zes jongens. Ze hingen dus allemaal knus tegen elkaar aan en over elkaar heen. Het was ontzettend gezellig. Iedereen had wat te snoepen meegenomen en ondanks het verbod had een paar jongens ook wat blikjes bier meegesmokkeld.

Die gingen rond en ook Lotte dronk ervan, hoewel ze het niet lekker vond. Maar dat hoorde erbij. Gauw nam ze een handvol chips erachteraan.

De jongens begonnen moppen te tappen en zij lagen dubbel van het lachen. En dat lachen leverde nieuwe lachstuipen op, omdat je zo dicht op elkaar zat, dat je vanzelf met een elleboog of een been in iemands gezicht of maag prikte.

Arno trok gekke gezichten en Hicham deed hem na. Lotte zuchtte tevreden. Wat was dit leuk, zo met elkaar, dicht tegen elkaar aan, benen op elkaar gestapeld, armen om elkaars schouders, gewoon knus, zonder dat je er wat mee bedoelde. En dan gek doen of juist diepe gesprekken voeren. Want ineens hadden ze het over terrorisme, en over angst en oorlog, en over soldaten en vrijheid. Dat Hicham erbij zat, maakte het wel bijzonder, ze hadden het nooit met elkaar over godsdienst. Ze waren nooit zo serieus aan het praten! En daarna veranderden ze van onderwerp: over wat je met je leven wilde. Arno wilde reizen, de anderen toch allemaal werken en een gezin.

Jammer dat Karima dit niet meemaakt, schoot het door Lotte heen. Karima heeft zulke avonden nooit mee kunnen maken.

Op de basisschool hielden ze er rekening mee: ze gingen niet ver weg, zodat de islamitische meisjes overdag meededen, maar thuis konden slapen. Al had Karima de leukste momenten gemist, overdag was ze er tenminste wel bij geweest. Nu kon dat niet meer, en verschillende meiden moesten dus thuisblijven. De meeste islamitische jongens waren er wel. Op de basisschool hadden ze mee gemogen, en nu ook. Zij wel!

Superoneerlijk eigenlijk, dacht ze. Want wat was dat nu weer voor raar verschil? Ze zou het er toch eens met Karima over hebben. Hoewel, had dat zin? Karima zou vast haar schouders erover ophalen. 'Ach…' zou ze berustend zeggen, 'zo is dat nu eenmaal bij ons.'

Geërgerd duwde Lotte deze gedachten weg. Ze wilde nu niet aan Karima denken, ze had hier haar andere vrienden, ze wilde lol maken. En dat deed ze.

Tot het moment dat een leraar in de deuropening stond. 'Met hoeveel zitten jullie hier? Nou is het mooi geweest, vind ik. Het wordt zo langzamerhand tijd om te gaan slapen.'

Iedereen werd naar zijn eigen kamer gestuurd, maar de zes meiden van Lottes kamer kletsten nog een paar uur van de nacht vol.

De gedachte aan Karima liet Lotte niet meer los, de rest

van de tijd. Hoe zou die zich nu voelen? Maar goed, zij kon de wereld niet veranderen, en Karima ook niet. Ze trok nu toch op met Dana en Nicole, dat ging vanzelf zo. Na drie dagen kwam ze gesloopt weer thuis. Ze had opnieuw drie dagen nodig om bij te komen. Maar dat kon, het was vakantie.

Lotte had zich voorgenomen deze vakantie wat voor school te doen. Ze moest het een en ander aan onvoldoendes wegwerken. Maar dan stonden Dana of Nicole weer op de stoep en ging ze liever met hen mee de stad in, lekker shoppen. Ze gingen deze week ook twee keer naar de disco. Nicoles verkering was ook uit en met zijn drieën namen ze het ervan. Het leven kon ook leuk zijn zonder vriendjes, ontdekte Lotte.

17

In de week na de meivakantie deed Lotte toch ernstige pogingen te leren. Nog twee maanden en dan was het schooljaar alweer afgelopen. Ze zat op haar kamer en overal om haar heen lagen haar schoolspullen. De radio stond aan, en ze dacht net: hè, best lekker zo bezig te zijn, toen ze de piepjes van haar mobiel hoorde. Hij zat nog in haar schooltas en Lotte graaide ernaar. Ze opende het bericht en las: 'Heb je tijd? Moet praten. K.'

Karima? Wilde ze die wel zien? Ja natuurlijk, als die haar nodig had... Lotte was allang niet boos meer en had al zitten piekeren hoe ze het weer goed moest maken. Eigenlijk vond ze het maar niks dat ze steeds ruzie hadden. Ze miste Karima.

Ze stuurde een bericht terug: 'Ja, kom maar. Ben blij. Nog sorry.'

Het duurde niet lang of Karima antwoordde: 'Is goed. Ook sorry. Is N thuis?'

'Nee, kust is veilig, x.'

Even later hoorde ze Karima's stem door de dichte deur: 'Mag ik binnenkomen?'

'Joehoe!' gilde Lotte boven de muziek uit en ze draaide de radio meteen maar wat zachter.

Karima kwam aarzelend binnen, maar Lotte kwam op haar af en sloeg haar armen om haar buurmeisje.

'Het wordt tijd dat wij weer normaal tegen elkaar gaan doen.'

Karima glimlachte schuldbewust en zei, terwijl ze een beetje stotterde: 'S-sorry. Ik wist niet goed wat ik zei, t-toen. Ik was in de war.'

'Vroeger maakten wij nooit zo veel ruzie.'

'Het gaat nu om ernstiger dingen.'

Lotte keek naar het gezicht van Karima, dat veranderd leek. Ze zag er wel beter uit dan eerst, maar er was iets... Ze was ouder geworden, was dat het?

'Je ziet er goed uit,' zei Karima.

Hadden ze naar elkaars gezichten gekeken? Karima stond nog midden in Lottes kamer, haar armen slap langs haar lijf, alsof ze niet goed wisten waar ze moesten blijven. Ze droeg een bruine rok die Lotte niet kende over een witte broek, haar shirt was ook bruin en Karima had er een wit hemd over aangetrokken. Ze had ook een nieuwe hoofddoek, zag Lotte, het was een mooie zwarte, met glimmend borduursel erop, die ze over een witte hoofddoek droeg.

'Jij ziet er... anders uit,' zei Lotte.

Karima lachte een hoog, helder lachje. 'Anders?'

Lotte haalde haar schouders op. 'Ik weet niet. Ouder? Ernstiger? Maar dat klinkt stom, natuurlijk. Hé,' liet ze er snel op volgen, 'eigenlijk ben ik heel blij dat je er bent.'

Karima ging op het bed zitten en zei: 'Ik ook. Stoor ik je?'

'Mwah, ik doe pogingen om er nog iets van te maken, van die derde klas.'

'Ik wil je straks wel helpen met school,' bood Karima aan.

Lotte lachte. 'Graag! Maar hoe is het?'

'Ik heb veel nagedacht,' zei Karima langzaam. 'En gebeden.'

'Helpt dat?'

'Jawel. Maar ik voel me eigenlijk heel onzeker,' zei Karima onverwacht. 'Over mijn geloof, over hoe ik ben opgevoed, over alles wat mijn ouders ons leren. Ik heb het gevoel dat ik aan alle kanten word aangevallen.'

'Door mij?' vroeg Lotte geschrokken.

'Ook door jou, maar eigenlijk door alles wat er gebeurd is, met Niek en met Jamila. En misschien ook door mezelf, ik bedoel, omdat ik ging nadenken. Jij bent zo anders. Dat wist ik natuurlijk wel, maar het werd steeds duidelijker. Daar was ik mee bezig. En op school zag ik dat ook.' Karima zuchtte.

'Wat is er dan met Jamila?' vroeg Lotte nieuwsgierig.

'Die heeft al een tijdje een vriendje.'

'Hè? Dat mag toch niet?'

'Nee, ze doet het dan ook stiekem. Jamila doet wel meer dingen die haram zijn.'

Dus Jamila doet het wel, dacht Lotte. Dapper van haar! Die kwam voor zichzelf op. Of was het juist dapper van Karima om aan haar geloof vast te houden? Lotte wist niet goed wat ze ervan moest denken.

'En wat vind jij daarvan?' vroeg ze.

Karima gaf niet direct antwoord. 'Ik weet het niet. Dat is het nou juist. Ik gun het haar best, maar ik vind het ook moeilijk. Weet je, als kind neem je gewoon alles aan wat

107

jou verteld wordt. Je leert je zo te gedragen en dan doe je dat. Je leert wat de waarheid is, en dan geloof je dat. Ik ga nu zelf nadenken.'

'En?'

'Dan twijfel ik of het wel goed is zoals wij denken. Toch moet dat zo zijn, want Allah heeft het gezegd en Mohammed heeft het opgeschreven. En Allah weet het het beste.' Ze zuchtte, staarde even voor zich uit. 'Ik ben bang dat mijn broers of ouders erachter komen van Jamila.'

'En dan?'

'Dan wordt mijn moeder erop afgerekend! Zij moet ons opvoeden, het is haar taak ons te leren om kuis te blijven. Dus als het bekend wordt van Jamila, is het háár schuld. Zij heeft gefaald in de opvoeding, dan is zij geen goede moeder gebleken en dat zal iedereen dan gaan zeggen ook. En dan willen ze niet meer met ons omgaan, dan zijn ze bang dat wij ook zo zijn of dat Jamila hun zusters of dochters zal beïnvloeden.'

'Echt?' Lotte was verbaasd. 'Maar alleen Jamila doet het toch?'

'Zo denken wij.'

'Hé, Jamila is heus wel voorzichtig!'

'Ja, maar alle Marokkaanse dochters worden door iedereen in de gaten gehouden. De kans dat ze een keer betrapt wordt, is groot.'

'En hoe is dat voor jou, dat Jamila wel een vriendje heeft en jij...' Lotte sloeg haar hand voor haar mond. Schuldbewust liet ze erop volgen: 'Nou stel ik alweer allemaal vragen.'

Karima schudde haar hoofd. 'Ik gun het haar wel, en ik

zou ook wel... Maar ik doe het niet... O, en als ze gezien wordt...'

Lotte trok haar wenkbrauwen op. 'En hoe denkt Souhaila hierover? En Fouzia?'

'Ik durf er niet zo goed over te beginnen,' zei Karima. 'In theorie zijn we het met elkaar eens: voor ons geen vriendjes.'

'Praat je er met hen over dat je je onzeker voelt?'

'Soms. En met Jamila praat ik erover, maar die is weer zo... Die heeft veel kritiek, die is een beetje doorgeslagen. Ze zegt dat ze vrij wil zijn en eigen keuzes wil maken, ze wil zelf bepalen waar ze heen gaat en met wie ze omgaat. Dat vind ik moeilijk. Ze... ze houdt geen rekening met onze ouders.'

Lotte knikte. 'Ik snap het.'

'Maar eh...' ging Karima verder. 'Ik wilde je wat vragen. Het is misschien wel een gekke vraag, maar ik durf hem aan jou te stellen omdat ik jou van alle Nederlandse meiden het beste ken.'

Lotte werd nieuwsgierig. Wat zou er zijn?

'Ik had toch verteld,' zei Karima, 'dat mijn zus Nezha gaat trouwen, hè? Laatst hadden Jamila en ik het erover, en toen vertelde Jamila dat Nezha heel zenuwachtig was. Ze had een keer gezegd dat ze dus over een tijdje met haar man moet slapen en dat ze helemaal niet weet hoe dat gaat. Toen dacht ik: goh, dat heb jij ook een keer gezegd, had jij toen niet een beetje gelijk? Nezha weet helemaal niets. Maar ze is nu op zoek naar informatie.'

Een beetje gelijk? dacht Lotte ondertussen. Ik heb helemáál gelijk. Maar ze zei het niet.

'Ze wil wel op internet kijken, maar ze durft dat niet thuis te doen, en in de bieb is ze ook bang dat iemand haar ziet. Toen heb ik tegen Jamila gezegd, en die heeft het aan Nezha verteld, dat zij vast wel een keer hier op de computer mag zoeken en dat jij misschien ook wel sites weet. Of dat ze jouw tijdschriften mag lezen.'

'Tuurlijk!' riep Lotte enthousiast uit. 'En die tijdschriften mag ze best een tijdje lenen, hoor. Zullen we vast wat sites opzoeken anders?'

'Nee!' Karima schudde haar hoofd. 'Dat doet Nezha zelf maar. En ze leest die bladen ook wel hier.'

'Oké, kom jij dan mee?'

Karima kreeg een kleur. 'Ook niet,' zei ze, 'maar het is fijn dat je Nezha wilt helpen. En het is fijn dat ik hier weer ben. Ik heb je toch ook gemist.'

'En ik jou.'

18

Op haar wandelingen met Shaila dook Fouad steeds vaker op. Dan liep hij mee en dan kletste hij aan één stuk door. Lotte kende haar buurjongen natuurlijk wel van vroeger, maar de Fouad die naast haar liep, kende ze niet. Hij was aantrekkelijk, en hij wist heel goed hoe hij haar aan het lachen kon krijgen. Ze vond hem leuk. Het was altijd weer een verrassing waar en wanneer hij verscheen. Als hij niet kwam, was ze bijna teleurgesteld. Op een dag maakte hij een beetje een zenuwachtige indruk. Hij draaide wat om Lotte heen, praatte drukker dan normaal en Lotte vroeg lachend: 'Wat heb jij vandaag?'

'Last van lentekriebels,' antwoordde hij.

'Het is anders al zomer, hoor,' zei Lotte. 'Kijk maar naar de zon, de bloemen en de bomen.' Ze wees om zich heen naar het park, naar de fleurige perken en naar de bomen waar de zon zich nog maar met moeite door het uitbundige groen heen wrong. 'Kijk naar onze kleren,' ging Lotte verder. 'Korte mouwen, geen jas.'

'De zomer begint pas in juni. De meimaand is een lentemaand en in mei...'

'Leggen alle vogeltjes een ei...' hapte Lotte. 'Maar ik niet hoor,' grapte ze erachteraan.

'Jij bent geen vogel! Toch wel, een prachtig vogeltje met een mooi snaveltje en fraaie veren. Mei mei mei, ik ben zo blij. Ik heb een gedicht ontdekt, een gedicht uit jullie verleden – een nieuwe lente, een nieuw geluid.' Die laatste woorden schalden door het park.

'En wat is dat voor geluid?' vroeg Lotte.

Fouad lachte. Toen knielde hij voor haar met één knie op de grond en begon een lied in een onverstaanbare taal te zingen. Lotte lachte. Hij zong voor haar! Dat was haar nog nooit overkomen, dat ze toegezongen werd. Hij zong mooi! Toen het lied uit was, klapte ze voor hem. Fouad wierp haar als een echte artiest een kushandje toe.

'Een nieuwe lente, een nieuw geluid,' zei hij weer, terwijl ze verder liepen, 'het is de eerste regel van een gedicht.'

'En ken je dat uit je hoofd? Nee toch?'

'Nee! Het is heel lang. Maar misschien ga ik het nog wel leren. Alhoewel, ik kan beter een modern gedicht kiezen.'

'Pff,' zei Lotte, 'ik dacht al.'

'Jij bent ook een gedicht. Lotte is lente, jouw lichaam is lente, jouw ogen hebben de kleur van de lente! Prachtige groene ogen zijn het, ik zie ze graag net zo zonnig stralen als vandaag...'

Lotte lachte. 'Ik héb niets met gedichten. Zo sáái!'

'Als het om de liefde gaat, zijn er heel mooie. Maar dan doen we het anders. Lotte is muziek. Lotte is uniek. Geen paniek, Lotte is fysiek... prachtig.' Zijn stem daalde, werd zacht en zomers.

'Hou op! Je meent er niets van.'

Midden op het pad stond Fouad stil. 'Nee? Meen ik er niets van?' Hij viel opnieuw op zijn knieën voor haar en pakte haar hand.

Lotte gierde het uit en trok hem overeind. 'Gek! Niet zo!'

Gehoorzaam kwam hij overeind. 'Hoe dan?' Ineens vlamde de blik in zijn ogen. 'Zo?'

Hij sloeg zijn armen om haar heen en voor Lotte iets kon doen of zeggen, zoende Fouad haar. Voelde ze het aankomen? Het was of ze geweten had dat dit zou gebeuren. 'Lotte is romantiek,' zei hij nog tussen het zoenen door. Ze gingen op een bankje zitten en Fouad legde direct zijn arm om haar schouder. Lotte maakte de riem van Shaila los, zodat de hond lekker rond kon rennen. Toen legde ze haar hoofd tegen zijn schouder.

'Ben jij niet bang met mij gezien te worden?' vroeg ze. 'Waarom?' Fouad was oprecht verbaasd. 'Zo'n prachtige meid? Daar wil ik *juist* mee gezien worden!'

Lotte werd warm vanbinnen door zijn compliment, maar Fouad had haar vraag niet goed begrepen. Laat maar, dacht ze, ik wil even geen moeilijke gesprekken. Nu wil ik genieten van… En hij stopte haar gedachten met een nieuwe zoen.

Het was wel gek, dacht Lotte toen de gedachtestroom weer op gang was gekomen. Fouad deed zomaar wat voor Karima verboden was. En niet eens stiekem, zoals Jamila. Ze liepen de volgende dag weer naar het zomerse park. En in het weekend gingen ze samen uit. Ze hadden een leuke avond, hij betaalde alle drankjes voor haar en was lief en vriendelijk. En hij kon super dansen! Dat had hij beslist voor op Guus.

Ja, dat was wel gek, dacht Lotte opnieuw toen hun verkering een week oud was. Ze had niets aan Karima verteld. Zonder dat ze dat afgesproken hadden, deden Fouad en zij rond het huis of ze niets met elkaar hadden. Waren ze eenmaal uit het zicht, dan vlogen ze in elkaars armen. Het mooie weer bleef aanhouden en ze zaten aan de rand van de vijver met hun voeten in het water. Ergens achter hen op het veldje speelde Shaila met de andere honden. Zorgzaam keek Lotte af en toe om waar Shaila was en dan glimlachte ze vertederd. Ineens moest Lotte om zichzelf lachen. Fouad wilde natuurlijk weten waarom ze binnenpretjes had.

'Dat wil je helemaal niet weten,' zei Lotte.

'Jawel, ik wil alles van je weten.'

Lotte keek opzij, naar zijn gezicht. Hij zag er ouder uit dan zijn zeventien jaar. Of was hij inmiddels achttien? Hij leek al een man.

'We lijken net een klein gezinnetje zo met z'n drieën,' zei ze toch maar. Ineens verlangde ze naar zoiets. Dat wilde ze later dus wel, een man en kinderen! Liefst een knappe man, zoals Fouad.

Hij lachte haar gelukkig niet uit. Ze leunde tegen hem aan en vroeg dromerig: 'Ga jij later trouwen?'

'Ja.'

Meer zei hij niet. Had ze op weer zo'n grapje-met-toe-speling gehoopt? Lotte keek hem aan. 'Met een Nederlands meisje of met een Marokkaans meisje of misschien met een Turks meisje?'

'Met een Marokkaans meisje,' klonk het beslist.

Karima zei altijd dat het haar niet uitmaakte. Als hij maar moslim was, maar Marokkaans hoefde hij niet te zijn.

'Vertel eens iets over haar?' vroeg Lotte verder. 'Hoe ziet ze eruit? Hoe is ze? Wat doet ze?'

'Ze is mooi, maar haar schoonheid moet ze voor mij bewaren!'

'Dus een hoofddoek dragen,' begreep Lotte.

'Ja, en ik wil dat ze mijn kinderen baart en opvoedt.'

'En een baan? Mag ze niet werken?'

'Dat hoeft ze niet,' zei Fouad met weer zo'n vastberaden stem. 'Ik werk en zij heeft genoeg te doen in huis.'

'Maar,' wierp Lotte tegen, 'als ze nu zelf graag wil werken?'

'Als ze echt graag wil, mag ze wel, maar ik heb het liever niet.'

'Dat begrijp ik niet,' zei Lotte. 'Jouw moeder werkt ook.' En van Karima wist ze dat ze thuis wilde blijven zolang haar kinderen klein waren, maar als ze eenmaal naar school gingen, wilde ze gaan werken. Karima wilde een goede opleiding en een leuke baan, zei ze altijd. Maar tegen Fouad hield ze hierover haar mond.

'Een vrouw komt dan met te veel andere mannen in aanraking. En je weet het maar nooit.'

Lotte knipperde even tegen het felle zonlicht dat weerspiegelde in het gladde water van de vijver.

Fouad ging verder met zijn beschrijving van zijn toekomstige vrouw: 'En natuurlijk moet ze een goede reputatie hebben.'

'Hoe bedoel je dat?'

'Ze moet maagd zijn! Ik wil een maagdelijke en gehoorzame echtgenote. En ze moet je kunnen begrijpen, dat is ook belangrijk.'

Lotte schrok hiervan. Die Fouad had nogal wat eisen en erg geëmancipeerd was hij ook niet! Gelukkig had zij alleen maar verkering met hem. Ze dacht aan Dana en Nicole, die hadden gezegd dat je verkering meestal na een tijdje overging. Voor je de ware had gevonden, duurde een paar jaar. Zo leerde je met elkaar omgaan, hadden ze wijs hun tijdschriften nagepraat. Maar hoe kon Fouads vrouw hem begrijpen als ze niet leerde hoe mannen zijn?

'Ze mag dus niet al eens een vriendje hebben gehad?'

'Nee! Heel veel meiden willen te westers leven. Ze hebben geen respect voor hun ouders en hun geloof. Dan zijn ze niet geschikt als echtgenote.'

'Ge... geschikt?' Lotte dacht aan Jamila en struikelde over het woord.

Fouad keek haar hooghartig aan. De lieve blik die ze van hem gewend was, was weg en ze had het gevoel dat hij dwars door haar heen keek. Ondanks de warme zon rilde ze.

'Ja, er zijn twee soorten meisjes: je hebt huwelijkspartners en vriendinnetjes.'

Wat zij was, was duidelijk, dacht Lotte, terwijl ze haar voeten in het water op en neer bewoog. Durfde ze er wat van te zeggen? Ze waagde het erop. 'Hé, Fouad, moet jij niet ook kuis blijven tot je gaat trouwen? Of geldt dat alleen voor vrouwen?'

Hij grinnikte. Zijn gezicht was weer vertrouwd, lief, een en al vrolijkheid. 'Nee, eigenlijk geldt het voor vrouwen en mannen. Mijn moeder heeft het ook tegen mij gezegd: niet te dicht bij meisjes komen.' Hij drukte Lotte stevig tegen zich aan. 'Jij bent lief. Lief en mooi.'

Lotte maakte zich los uit zijn omhelzing. 'Maar...?' drong ze aan.

Zogenaamd verbaasd zei Fouad: 'Is er een maar?'

'Ja, ik dacht het wel.' Met haar voet spatte ze op het wateroppervlak. Ze spetterde hen beiden nat.

Fouad kneep zijn ogen tot spleetjes en zweeg. Net toen Lotte dacht geen antwoord meer te krijgen, zei hij: 'Er is niemand die mij tegenhoudt. En och, als je geen seks hebt gehad, ben je eigenlijk een loser.'

En je geloof dan? wilde Lotte nog weten. Maar Fouad had een houding aangenomen die aangaf dat hij niet tegengesproken wenste te worden. Lotte durfde plotseling niet méér te vragen.

19

Loom van de juniwarmte hing Lotte zacht te schomme-
len in de hangmat die haar vader tussen de rode beuk en
de schutting had opgehangen. Eigenlijk moest ze leren,
maar Lotte kon zich niet op haar aardrijkskundeboek concentreren. Met de dopjes van haar iPod in haar oren dom-
melde ze zo'n beetje de saaie zondagmiddag door.

Gisteravond was ze weer met Fouad uit geweest, voor
de derde keer sinds het aan raakte tweeënhalve week geleden. Uitgaan met Fouad was leuk. En heel anders dan
met haar vriendinnen. Ze ging naar andere discotheken.
Hij dronk zelf niet, maar bij sommige discotheken kon je
als vijftienjarige zonder problemen drankjes drinken als iemand anders die voor je kocht. Ze ontmoetten er vrienden van Fouad, jongens die ze niet kende, maar die ze
spannend vond en die haar keurden met hun blik en die
haar goedkeurden. Uitgaan met Fouad was ook zijn hand
bezitterig in haar nek en zijn warme adem in haar oor voelen. En vooral de wereld laten zien wat een knappe jongen zij had!

Maar voor de dag erna betekende het een houten kop
en een hoofd vol dromen. Dan was zo'n hangmat de beste plek om bij te komen.

Dat lukte aardig goed tot er ineens geschreeuw klonk.
Uit het open raam van Karima's huis kwamen ruziënde

stemmen. Nou nou, dacht Lotte, die door de muziek in haar oren niet verstond waarover het ging, zo bont maken ze het anders nooit. Nieuwsgierig deed ze haar oortjes uit.

'Je doet het niet meer, hoor je!'
'Bemoei je met je eigen zaken!'
'Nee, ze is mijn vriendin! En daar moet jij van afblijven!'
'Zeg, ze is jouw bezit niet!'
'Nee, maar ze is al helemaal niet voor jou!'
Help, dat waren de stemmen van Karima en... Fouad! O, dat klonk helemaal niet goed. Wist Karima het nu al? En waar ging dit precies om? Toen klonken deuren die dichtgeslagen werden en daarna was het stil.

Haar hart ging tekeer, voelde Lotte wel, toen ze naar die stilte luisterde. Ze deed haar ogen dicht en dacht koortsachtig na. Wat had dit te betekenen? Ineens werd ze ruw gestoord door Karima, die met roodomrande ogen aan haar hangmat stond te trekken. De woorden stroomden klaaglijk uit haar mond terwijl ze maar aan de touwen van de hangmat bleef sjorren: 'Lotte! Lotte! Waar ben jij helemaal mee bezig? Weet je niet dat je je gedraagt als een slet? Dat kun je niet doen! Hoor je wat ik zeg? Met Fouad! Waarom doe je dat? En ik wil zo graag vriendinnen met je blijven... Maar zo kan het dus niet...'

Lotte was omhooggekomen, had de dopjes weer uit haar oren gehaald en steunend op haar ellebogen liet ze de woordenstroom over zich heen komen, tot die overging in tranen. Karima was dus ook boos op háár! Ze stak haar benen over de rand en wipte uit de hangmat. Die zwiepte naar achteren en Lotte hield hem met één hand tegen. Met haar andere hand duwde ze Karima naar de picknicktafel, waar een grote witte parasol hen beschermde tegen de zon. Karima had haar hoofddoek niet eens om, zou ze in de gaten hebben gehad dat er verder niemand thuis was? Niek was bij een vriend en haar ouders waren een eind gaan fietsen. Maar misschien was ze zó haar huis uit gelopen.

'Ik haal even wat te drinken, en dan praten we erover. Want ik ben het niet met je eens!'

Met een blad waarop glazen fris stonden met ijsklontjes en een schaaltje chips kwam ze even later weer naar buiten. Karima leek wat gekalmeerd, al trok ze met haar mondhoeken. Ze dronk eerst haar glas leeg en zei toen: 'Mijn broers hebben het wel eens over Nederlandse meisjes, en dat is altijd negatief. Nederlandse meisjes zijn slecht, want meisjes die 's avonds op straat zijn of uitgaan, dat zijn onopgevoede meisjes, slechte meisjes. Als mijn broers zo praten, word ik altijd kwaad. Want jij bent ook Nederlands, en jij bent niet slecht en onopgevoed. Dat is jullie cultuur, die is nou eenmaal anders.'

Lotte knikte voorzichtig. Maar toen stootte de gedachte door haar heen: dacht Fouad zó over haar? Nee toch?

'Maar Marokkaanse jongens gebruiken die Nederlandse meisjes wel om seks mee te hebben.' Karima's gezicht werd rood toen ze dat woord uitsprak. 'Ze mogen geen verkering met Marokkaanse meisjes, en daarom nemen ze een Nederlands vriendinnetje. Maar die meisjes, daarover wordt zo slecht gesproken! De meisjes waarmee onze jongens verkering hebben, zijn sletten! En zó mogen ze niet over jou praten. Dat wil ik niet!'

Karima's stem verdween… en Lotte hield haar adem in. Alleen een zuchtje wind in de bomen en een eenzaam kwetterende merel waren te horen. Had Fouad dat ook gezegd van haar?

'Alsjeblieft…?' zei Karima heel zacht.

De ijsblokjes tinkelden tegen de rand toen Lotte haar glas oppakte. Ze nam een slok. Vroeg Karima haar nu om het uit te maken? Ze keek naar Karima die een chipje nam en er een stukje afbrak. Ze at het niet op. Ze keken elkaar aan, probeerden bij de ander te zien wat die dacht.

Straks hadden ze het nog wel over Fouad. Eerst moest er iets anders duidelijk worden. 'Sorry dat ik er steeds op terugkom,' zei Lotte. 'Maar ik begrijp het gewoon niet. Jij mag geen verkering, want een Marokkaans meisje moet kuis blijven, maar die jongens mogen wel verkering?' Lotte hoorde wat ze zei en snel verbeterde ze zichzelf: 'Nou ja, ze mogen geen verkering met een Marokkaans meisje, maar dus wel met een Nederlands meisje.'

Karima zei: 'Als een Marokkaans meisje verkering heeft voor haar trouwen, valt ze af als huwelijkskandidaat. Niemand wil met een hoer trouwen.'

'Een hoer?' Lotte boog naar voren. 'Karima, waar héb je het over?'

Karima reageerde niet op die laatste woorden van Lotte, ze zei alleen: 'Eigenlijk moeten jongens ook wachten tot ze gaan trouwen en mogen ze dus geen verkering, maar het gebeurt toch.'

Was dat alles? Was dat een verklaring? Lotte wachtte op meer, maar dat kwam niet.

'En zij worden niet in de gaten gehouden?' vroeg ze.

'Die jongens worden niet besproken? En jouw moeder wordt er niet op aangekeken als een van haar zoons…'

Geschrokken hield ze op met praten. Nu kwam het te dichtbij, nu ging het over haar zelf.

Karima zuchtte. 'Ik kan er ook niets aan doen. Zo gaat dat.'

Er viel een stilte. Lotte dacht aan wat Fouad had gezegd. Dus kuis moeten blijven gold voor jongens en meisjes, maar de jongens hielden zich er niet aan en er was niemand die er wat van zei. Ze zeiden alleen iets van het meisje. Zij zit fout, zij is de slet, of hoe zei Fouad dat? Zij verliest haar reputatie. En een jongen niet?

'Maar Karima!' riep Lotte uit. 'Zie je niet hoe onrechtvaardig dit is!'

Karima haalde haar schouders op. 'Zo is het nu eenmaal, daar kan ik mij wel druk over maken, maar…'

O, dat eeuwige schouderophalen! 'Arghh,' kermde ze, 'daar snap ik dus niets van!'

'Ik wil alleen maar dat jij er niet aan meedoet,' zei Karima, die alweer niet reageerde op wat Lotte zei. 'Ik kan het niet hebben…'

'Maar ik ben Nederlands!' Lotte gilde bijna. 'Dat geldt toch allemaal niet voor mij?'

'De mensen die belangrijk voor mij zijn, praten slecht over jou.'

'Jamila ook?'

Weer gaf Karima geen antwoord. Ze reageerde alleen met een onduidelijke beweging van haar hand. Wist ze het niet? Wilde ze het niet zeggen?

Lotte zei met nadruk: 'Dus ik moet mijn verkering met Fouad uitmaken?'

'Ja, alsjeblieft.' Karima keek Lotte niet aan. Ze legde haar handen plat op tafel, de vingers gespreid. Daarna balde ze ze tot vuisten. 'Ik weet wat ik van je vraag,' voegde ze eraan toe.

'En als ik niet wil?' vroeg Lotte.

Karima zweeg even, zei toen: 'Dan kun je mijn vriendin niet meer zijn.'

Wauw! Ze moest een keuze maken tussen Fouad en Karima! 'Dat is oneerlijk, Karima! Heb je dit ook tegen Fouad gezegd?'

'Ja, en hij zegt dat ik me bemoei met zaken die mij niet aangaan.'

'Hoe wéét jij het trouwens van ons?' kwam nu bij Lotte op.

'Wij hebben een grote familie. Mijn nichtje zei het tegen mij, en die hoorde het van haar broer, mijn neef. Die had jullie gezien.'

Lotte stond op. Ze liep naar de keuken om de glazen opnieuw te vullen. Haar hand trilde toen ze het pak sap leegschonk. Ze gooide er nieuwe ijsklontjes in, één ervan stopte ze in haar mond. Ze wilde haar verkering helemaal niet opgeven! Maar hier zakte haar broek dus echt van af! Hoe kon ze Karima duidelijk maken hoe scheef dit was...

Weer terug in de tuin zaten ze in een ongemakkelijke stilte tegenover elkaar. Lotte duwde met haar tong het klontje van de ene wang naar de andere. Uiteindelijk beet ze het stuk. Het kraakte.

'Karima...' begon ze. 'Fouad mag wel en jij niet...'

Ze kon haar zin niet afmaken. Karima zei snel: 'Fouad mag ook niet. Dat hij het wel doet, komt voor zijn rekening.'

De traan die uit haar ooghoek ontsnapte, verraadde Karima. Ook al veegde ze hem snel weg, Lotte had het gezien. Wat maakte zij het zichzelf moeilijk. Nee, wat maakte zij het haar, Lotte, moeilijk! Haar verkering met Fouad uitmaken? Daar had ze helemaal geen zin in... Het was veel te leuk. Maar zij was géén slet. Dat gold toch niet voor haar? Maar het voelde niet fijn, dat er zó over haar gedacht werd. En Karima... die lieve Karima, ook al hadden ze de laatste tijd steeds woorden gehad... Maar om nou voor haar...

Dit was niet leuk! Dit was niet eerlijk! Wat moest ze nou? Karima verpulverde de chips, zag Lotte, er bleven alleen maar kruimels over. Het was of een enorme, onzichtbare hand ook haar fijnmaakte. Ze viel uit elkaar. En Karima ook. Duizend stukjes waren ze. Wie maakte hen weer heel?

Karima doorbrak als eerste de stilte: 'Doe je het?'

'Ik weet niet. Je zou het niet van me moeten vragen...'

Langzaam stond Karima op. Ze veegde een pluk haar achter haar oor en bleef staan, alsof ze Lotte nog even de gelegenheid gaf de goede keuze te maken.

Maar Lotte kon het niet. 'Ik moet erover nadenken...'

Karima draaide zich om. 'Ik ga naar huis,' zei ze.

20

Zonder te bewegen bleef Lotte nog een hele tijd staren naar de lege plek tegenover haar aan de picknicktafel. Waren ze nu geen vriendinnen meer? Ze snapte er eigenlijk nog steeds niets van. Waarom hadden ze het steeds zo moeilijk met elkaar? Waarom was Karima zo anders? Ze wilde dit allemaal niet! En Fouad... wat had hij over haar gezegd? Was het wel echt wat hij voor haar voelde? Meende hij wat hij zei?

Lotte kneep haar lippen stijf op elkaar. Zo wilde ze helemaal niet over Fouad denken. Ze wilde blijven geloven dat het echt was, dat het goed was tussen hen. En hem opgeven?

Toen haar ouders thuiskwamen, zat ze er nog. Die wisten nog niets van haar verkering met Fouad, en dat wou ze nog maar even zo laten. Gelukkig waren ze niet thuis geweest, vanmiddag.

Lotte sprong op en verdween met haar boek naar de huiskamer, waar het betrekkelijk koel was. Maar ze was te onrustig om te leren. Dus stelde ze haar ouders voor dat zij wel zou koken, waar die natuurlijk blij mee waren.

Maar van leren kwam ook die avond niet veel. Het proefwerk aardrijkskunde verknalde ze op een verschrikkelijke manier en in gedachten schreef Lotte de één al in haar agenda. Het zou niet veel uitmaken, de kans dat ze nog over zou gaan, was erg klein. Dan moesten er echt een paar wonderen gebeuren deze laatste weken, en daar geloofde Lotte niet zo in.

Die maandagmiddag had Lotte na haar laatste lesuur een afspraak met mevrouw De Jager, haar mentor. Iedereen die er slecht voor stond werd bij haar geroepen. Lotte had weinig zin in het gesprek, ze wist zeker dat ze op haar kop zou krijgen. Het was niet het eerste mentorgesprek.

Maar het viel mee. Natuurlijk hadden ze het er wel over waarom Lotte niet beter scoorde.

'Je kunt het best, je hebt helemaal niet laten zien wat er in je zit,' zei de mentor. 'En eigenlijk is dat het hele jaar al zo.'

'Ik weet het,' zei Lotte. 'Maar ik was een paar keer verliefd, en toen kon ik dus echt niet leren. En toen het uitging, kon ik me ook al niet concentreren. Nou ja, er was steeds wat.'

Mevrouw De Jager lachte. 'Tja, die dingen gaan nu eenmaal moeilijk samen. Maar je hebt de moed toch nog niet opgegeven? Je hebt deze laatste schoolweken voor elk vak nog een toets.'

Lotte haalde haar schouders op. 'Ik weet niet of ik het nog wel op kan halen.'

'We kijken bij de overgang van drie naar vier ook of je een goede kans van slagen hebt. En jij hebt van het begin af aan niet zulke beste resultaten gehaald.'

'Ik weet het,' zei Lotte maar weer.

'Misschien is het niet verkeerd de derde over te doen. Dan is je basis voor het examen het jaar erop veel beter.'

Alsof je een keus had! Maar Lotte had daar nog nooit

bij stilgestaan. En toch kwam het niet als verrassing. Zij, Lotte, zou blijven zitten.

'Heb je al een idee wat je na je examen wilt gaan doen?'

'Iets met tuinieren misschien? Of met honden?' zei Lotte. 'Dat vind ik leuk. Ach, ik weet niet.'

'Nou, dat komt nog wel. Jij gaat nog even je best doen deze weken en dan wachten we de laatste cijfers af. Ik denk niet dat jouw leraren vinden dat je een niveau lager moet doen. Als je goed werkt, kun je dit wel halen.' Mevrouw De Jager keek Lotte aan. 'Heb jij nog vragen? Iets waar jij over wilt praten?'

Lotte dacht aan Karima, die wél goed had gewerkt en die wél over zou gaan. Die gedachte stak. Dan zouden ze niet meer samen... Maar nu waren ze ook al niet meer samen. Karima deed of zij lucht was. En Karima zou blijven doen of ze lucht was zolang zij verkering met Fouad had.

Ineens kreeg ze een idee. Maar mevrouw De Jager was hartstikke wit, net als zij. Er waren wel meer leraren uit een andere cultuur op school, maar er kwam niemand uit Marokko, voor zover ze wist. Maar als je hier werkte...

'Mevrouw,' vroeg ze, 'weet u misschien iets over de Marokkaanse ideeën? En over de islam en zo?'

De lerares trok haar wenkbrauwen op. 'Jawel, een beetje. Wat wil je weten?'

'En is alles wat ik hier zeg geheim, ik bedoel, vertelt u niets door?'

'In principe blijft alles tussen deze vier muren. Maar als ik actie moet ondernemen en hulp aan iemand moet vragen...'

'Nee, nee,' zei Lotte snel. 'Ik wil alleen maar iets weten.'

'Vraag maar.'

Lotte moest even over haar woorden nadenken. Aarzelend begon ze: 'Het gaat erom als meisjes trouwen, Marokkaanse meisjes. Ik bedoel... Van de Koran moeten ze wachten met seks tot hun huwelijk. Maar...' Hoe moest ze dat nu zeggen?

Mevrouw De Jager knikte haar toe. 'Maar wat?'

'Voor jongens geldt dat ook, hoorde ik. En tegelijk ook niet. Marokkaanse jongens hebben wel gewoon verkering. Dat snap ik niet. Weet u daar meer van?'

'Ja, ik begrijp wat je bedoelt, dat is die dubbele moraal. Meisjes moeten als maagd het huwelijk in gaan, en voor jongens geldt dat niet.'

'De dubbele wat?'

'De Koran schrijft voor dat vrouwen én mannen geen seks voor het huwelijk mogen hebben. Dat vrouwen zich daaraan moeten houden, dat vindt iedereen. Sterker nog, vrouwen zouden een magische seksuele aantrekkingskracht hebben, die onweerstaanbaar is voor mannen, en daarom bedekken ze hun lichaam en moet er zo min mogelijk contact zijn tussen mannen en vrouwen, om hen niet in verleiding te brengen.'

Lotte knikte. Dat had Karima ook een keer gezegd, dat vrouwen daarom hun schoonheid moeten verbergen. En daarom mocht ze niet op tekenles.

'Bij mannen,' ging mevrouw De Jager verder, 'wordt hun seksualiteit gezien als iets wat je toch niet tegen kunt houden. Bovendien is bij jongens de familie-eer niet in het geding. Vandaar die dubbele moraal: die eis tot maagdelijkheid geldt in de praktijk alleen voor vrouwen.'

Alles in Lotte kwam hiertegen in opstand. Ze dacht aan de keren dat Niek vergeefs had geprobeerd onder zijn huishoudelijke taken uit te komen met het argument dat dat vrouwenwerk was. Ze dacht aan zijn discriminerende opmerkingen over meisjes en vrouwen die hun moeder altijd verbeterde. *Zij*, Lotte, had geleerd dat jongens en meiden gelijkwaardig zijn. Thuis, op school, in relaties. 'Dat is toch niet eerlijk?' riep ze hartstochtelijk uit.

Mevrouw De Jager knikte. 'Dat vinden wij. Voor veel moslims is dat anders.' Even zweeg ze, toen ging ze verder: 'Die maagdelijkheid... Weet je wat een maagdenvlies is? Dat zou scheuren bij de eerste keer seks en het bloed geldt dan als bewijs dat een meisje maagd is gebleven tot haar huwelijk. Eigenlijk is het geen echt vlies, maar een randje weefsel dat bij het ene meisje stugger is dan bij het andere. Vaak beschadigt het maagdenvlies helemaal niet. Of is het al uitgerekt door sport of door het gebruik van tampons. Wat een ellende daaruit voort kan komen, en soms helemaal ten onrechte! En bij mannen is er dus geen enkele mogelijkheid hun maagdelijkheid te bewijzen. Ook daarom hebben zij het idee dat ze hun gang kunnen gaan.'

Lotte zuchtte. 'Wat gebeurt er als een meisje niet kan aantonen dat ze maagd is?'

'Dat is een grote schande voor de familie. In het ergste geval wordt ze verstoten.'

Lotte zette grote ogen op. 'Echt? O, ik vind het zó oneerlijk!' Ze liet erop volgen: 'Maar stel hè, als ik nou een vriendin heb die moslima is, en zij mag geen vriendje, terwijl ze dat het liefst wel zou willen en zij is daar heel ongelukkig door, en haar broers mogen wel een vriendinnetje... Hoe kan ik haar ervan overtuigen dat het onrechtvaardig is, wat kan ik tegen haar zeggen?'

'Wordt ze tegengehouden door haar ouders?' vroeg mevrouw De Jager.

'Zij houdt zichzelf tegen,' antwoordde Lotte. 'Haar geloof houdt haar tegen. Maar ik vind het zo moeilijk haar ongelukkig te zien. Ik gun het haar zo om verkering te krijgen.'

'Dat is goed bedoeld van je, maar ik weet niet of je haar kunt overhalen. Het hoort bij haar geloof, en het is een lange traditie. Ook al verandert er wel wat. Steeds meer moslima's verzetten zich tegen die dubbele moraal en willen meer vrijheid, ook op dit gebied.'

'Dat vind ik heel goed van ze!' zei Lotte.

Mevrouw De Jager knikte nadenkend. 'Zij willen meer ruimte om zich voor te bereiden op een huwelijksrelatie. Maar als jouw vriendin daarin niet mee wil gaan, dan moet je daar respect voor hebben.'

21

Fouad had ze intussen niet meer gezien. Toen Lotte na het gesprek met haar mentor thuiskwam, aarzelde ze. Zou ze naar hem toe gaan? Hij was al uit school, ze kende zijn rooster uit haar hoofd. Maar hij zou waarschijnlijk ergens met vrienden rondhangen. Vanavond misschien... Alhoewel, hij vond het vast niet goed als zij bij hem kwam, voor hém dus en niet voor Karima. Ze zou wachten, hij dook vanzelf wel op.

Wilde ze hem eigenlijk nog wel zien? Ja en nee. Lotte wist het niet. Ze dacht na over wat Karima had gezegd, en haar mentor. Het klonk allemaal logisch, maar het ging tegen Lottes gevoel in. Ze bleef maar denken: het is niet eerlijk! En zij werkte daaraan mee... Toch? Zo voelde het. Maar het idee dat Fouad misschien niet eerlijk was in zijn woorden en gevoelens...

Daarom moest ze hem zien. Met hem praten. De beslissing het uit te maken kon ze altijd nog nemen.

Maar het duurde nog tot donderdag voor Lotte hem zag. Steeds als ze met Shaila liep, keek ze naar hem uit. Ze wilde graag dat hij kwam, en tegelijkertijd zag ze ertegen op. Uiteindelijk was ze niet eens met Shaila aan het wandelen toen hij voor haar stond. Ze moest rijst halen voor haar moeder. Ineens was hij er, vrolijk lachend en vol praatjes, bij de uitgang van de super.

'Waar heb jij uitgehangen?' vroeg Lotte.

De lijn op zijn kaken verstrakte, zag ze. Gauw zette ze haar liefste glimlach op. 'Ik bedoel... Ik ben blij je te zien, ik heb zo naar je verlangd.'

'Dat is beter,' zei hij en hij zoende haar op haar mond. Niet waar, dacht ze, en ook weer wel. Waarom bleef ze niet bij haar vraag: ik heb je vijf dagen niet gezien. Je reageerde niet op mijn sms'jes. Waar was je?

Lotte waagde een nieuwe poging: 'Wat heb je allemaal gedaan afgelopen dagen?' Ze probeerde haar toon luchtig te laten klinken, gewoon belangstellend en niet meer. Maar ze kon niet voorkomen dat er een triller doorklonk, zo gespannen was ze.

Fouad antwoordde wat vaag: 'School. Toets. Vrienden.' Zijn armen gaven met een wijde zwaai te kennen dat hij druk bezig geweest was in de wereld. 'En hoe is het met mijn meisje?' voegde hij eraan toe.

'Houd je echt van mij?' vroeg ze, zonder dat ze dat van plan was.

Fouad trok even met zijn mond. Ineens zag Lotte dat Karima dat ook kon doen: dan was ze boos of ontevreden.

'Luister, we hebben plezier en we houden het leuk samen.' Het klonk als een bevel. 'Tuurlijk houd ik van je!' voegde hij eraan toe en om dat te bewijzen, boog hij zich weer voorover naar haar en likte even met zijn tong langs haar oor. Daarna trakteerde hij haar op lieve woordjes en kusjes. En op een ijscoupe, de grootste die er was.

Ze zaten tegenover elkaar bij de snackbar, het grijze plastic tafeltje met het pak rijst erop tussen hen in. Lotte likte genietend het ijs van haar lepel. Steeds pakte Fouad haar hand vast en bracht de lepel naar zijn eigen mond. Of hij liet haar van zijn lepel happen. Of hij stal op het laatste moment, als Lotte een hap ijs in haar mond wilde schuiven, het ijs van haar lepel, en ook zo'n beetje van haar lippen. Ze lachten erom. Lotte voelde de verliefdheidkriebels in haar buik en dacht: wat is hij toch leuk, wat maakt het uit allemaal... Als ze samen waren, was het goed.

De opwinding doodde alle twijfels. Onder de tafel waren hun voeten al met een vrijpartij bezig. En als ze Fouad kritische vragen ging stellen, zou hij haar dan niet laten vallen?

'Gaan we morgen uit?' Ze boog zich voorover om fluisterend te zeggen: 'Ik wil je aanraken, ik wil je voelen.'

Hij lachte en maakte met een overdreven beweging van zijn tong zijn lippen schoon. Hij liet zijn ogen blinken en zei: 'Morgen niet. Overmorgen.'

Zaterdag? Al hun vorige avonden uit waren ook op zaterdag, maar Dana was dan jarig!

'Waarom kan het morgen niet? Ik moet naar een verjaardag, zaterdag.'

'Dan niet,' zei Fouad alleen maar.

'Hè toe, Fouad,' probeerde Lotte. 'Ze is een van mijn beste vriendinnen, ik kan het niet maken om niet te komen!'

'Of zaterdag, of niet, aan jou de keus.'

Lotte trok haar voeten terug uit hun ondertafelomhelzing. Een beetje vriendelijker kon toch ook wel? En waarom moest zij zich aanpassen en niet hij?

Ze stond op. 'Ik moet naar huis, mijn moeder wacht op de rijst.'

Op de terugweg kwamen Karima's woorden toch weer boven. Wat had Fouad over haar gezegd? Was dat lang geleden, vóórdat zij verkering kregen, of kort geleden? Vast niet, dat kon ze niet geloven. Ze wílde het niet geloven. Maar ze kon er toch moeilijk naar vragen! Ze keek hem na toen hij het buurhuis in ging, en stapte hun eigen keuken binnen. Geduldig liet ze de geïrriteerde woorden van haar moeder over zich heen komen. Om het goed te maken dat ze haar moeder had laten wachten, hielp ze met koken.

Lotte had een sms'je naar Fouad gestuurd: 'Zaterdag eerst naar Dana, daarna uit?'
'Is goed. Kzieje 12 uur bij blue heaven,' was zijn antwoord.
Haar moeder dacht dat ze de hele avond bij Dana zou blijven. 'Tot hoe lang duurt dat feest?'
'Kweet niet.'
'Uiterlijk één uur kom je naar huis.'
'Maar mam, dat is veel te vroeg! Dan is iedereen nog heel erg aan het feesten.'
Haar moeder keek haar aan. 'Half twee dan.'
'Twee uur!'
'En geen minuut later! En zondag zit jij de hele dag te leren! Dan wil ik niet horen: ik ben zo moe... Wie zo stoer is om een halve nacht te feesten, moet ook zo stoer zijn om de volgende dag gewoon zijn werk te doen.'
Lotte grinnikte. Best! En Dana was gelukkig niet al te boos dat Lotte tegen twaalf uur al bij haar feestje wegging. Maar toch zat het Lotte niet lekker. Fouad wel en Kari-

ma niet. Die zat nu thuis. Wat deed ze? Tekenen? Lezen? Tv-kijken? Wat saai! Ze hadden elkaar de hele week gemeden, Karima en zij. Dat voelde niet goed. Maar de weg terug naar Karima betekende... En dat wilde Lotte niet. Nee, dat was niet waar. Ze wist het niet, nog steeds niet. Dus bleef alles bij het oude.

Lotte was nog niet eerder in de Blue Heaven geweest. Tien minuten duurde het voor Fouad kwam en niet helemaal op haar gemak drentelde ze voor de deur heen en weer. Ha, daar was hij eindelijk. Hij smoorde haar protesten met een zoen.

'Kom gauw,' zei hij. 'Naar binnen.'

Bij de deur werden ze tegengehouden door de portier die hun ID-kaarten wilde zien. Hij wees naar Lotte. 'Zij mag er niet in, ze is nog geen zestien.'

'Wat een onzin!' zei Fouad. 'Ik ben er toch bij? Ik ben bijna achttien, dat zie je toch, man! Met mij mag ze naar binnen!'

De portier reageerde niet en pikte er andere mensen uit om te controleren. Niet iedereen, zag Lotte. Fouad werd kwaad. 'Wij staan hier en je negeert ons! Wij mogen best naar binnen! Kom Lotte, we doen het gewoon.'

Hij wilde haar meetrekken aan haar mouw, de discotheek in, maar de klerenkast stond nu in volle breedte voor hen. Hij raakte ze niet aan, hij spreidde zijn armen niet. Hij zei alleen maar: 'Jullie komen er niet in.'

'Omdat ik Marokkaan ben, zeker?' Fouads stem schoot de lucht in. Hij wachtte geen reactie af, maar draaide zich om en trok Lotte mee de andere kant op.

Met snelle passen liep ze achter hem aan. 'Hé, Fouad, kalm nou.' Dana zei al dat ik niet binnen zou komen in de Blue Heaven.'

Maar Fouad had zijn kiezen op elkaar geklemd. Toen ze discotheek Number Two binnen waren, waar ze vorige week ook waren geweest, zei hij pas weer wat: 'Eerst een colaatje, dan dansen.'

Lotte keek naar zijn gezicht, maar kon er niet uit opmaken wat hij dacht of voelde. Alweer durfde ze nergens naar te vragen. Wat was dat toch? Met Hessel en Guus had ze nooit die verlegenheid gehad. Fouad had een mixdrankje voor haar besteld, zelf nam hij cola. Ze dronken en dansten in hoog tempo. Lotte voelde zich licht in haar hoofd worden, en vrolijk, en onbezorgd. Wat maakte ze zich druk? Het was goed, zo, toch? En wat maakte het uit waar ze dansten, in de Blue Heaven of in de Number Two? Waren zijn vrienden wel in de Blue Heaven? In ieder geval waren ze niet hier en had Fouad des te meer aandacht voor haar. Zouden hier ook mensen zijn die Fouad kenden? Wat ging die grote familie nu weer doorvertellen? Zou er na vanavond opnieuw aan Karima verteld worden dat zij wat met elkaar hadden? Of aan Nezha, of aan Jamila, of aan hun ouders? En wat zou dat voor gevolgen hebben?

Een moment voelde Lotte zich niet op haar gemak. Maar liever dacht ze niet na. Ze was hier nu met Fouad en ze hadden niet heel veel tijd, dus ze kon er maar beter van genieten. De beat was goed om op te swingen. Het was warm, ze kreeg steeds sneller dorst. Fouad haalde het ene drankje na het andere. De langzame muziek daarna bracht hen dicht bij elkaar. Hij drukte zijn lichaam tegen dat van haar, zijn armen waren steeds op weg naar haar huid en zijn mond naar haar lippen. Lotte giechelde. Zijn krullen kietelden in haar hals, zijn vingers in haar blote zij. Meer rook en minder licht om hen heen maakten dat hij meer durfde. Al dansend schoven ze naar een donkere hoek, waar ze meer aan het vrijen dan aan het dansen waren. Waar Fouad ook kwam met zijn handen, Lotte vond het goed. Na nog een drankje zochten ze een donker plekje bij de toiletten. Nu durfde ze ook bij hem te voelen.

De avond was veel te kort natuurlijk. Een half uur te laat waren ze thuis. Lotte moest haar ouders wakker maken om zich te melden. Haar vader sliep gewoon verder, haar moeder keek met een slaperig oog op de wekker en vroeg alleen: 'Was het leuk?'

Was het leuk? Opnieuw knalde haar hoofd bijna uit elkaar en het eerste wat Lotte de volgende ochtend deed, was de paracetamol opzoeken. Met heel veel water sloeg ze die naar binnen.

Toen ging ze weer in bed liggen, maar slapen lukte niet meer. Was het leuk?

Het was weer zondag, dacht ze. Precies een week geleden was Karima bij haar gekomen met de vraag of ze haar verkering met Fouad op wilde geven. Omdat ze zich gedroeg als een slet.

En Lotte zag zichzelf staan. In die donkere hoek, haar dronken kop in de wolken, haar verlangende handen onder zijn overhemd en in zijn broek. Hij had haar het ene drankje na het andere gegeven. En zij dronk tot ze niet goed meer wist wat ze deed.

Was hij eropuit... Had Karima gelijk?

Waar waren hun woorden, hun gesprekken? Ja, er was ooit een gedicht, een lied. Maar vroeg hij ooit aan haar wat zij leuk vond, waar zij van hield, hoe ze over iets dacht? Hadden ze ooit écht ergens over gepraat? Was er meer tussen hen dan dit? De grapjes, de toespelingen, de zoenen, het strelen? Kwamen ze bij elkaar thuis? Waren de verschillen niet te groot? Bepaalde hij niet steeds wat ze gingen doen? Goh, wat was haar hoofd ineens helder! Hield ze van hem? Hield hij van haar? Was ze in zijn ogen misschien... een slet?

Ineens voelde Lotte haar maag samentrekken. Wat had Karima gezegd? Marokkaanse jongens gebruiken de Nederlandse meisjes om seks mee te hebben. Had Fouad haar gebruikt?

Lotte *voelde* zich gebruikt. En daar had ze zelf aan meegewerkt. Ze voelde ook haar maag omhoogkomen en met haar hand voor haar mond holde ze naar de wc.

22

Het was nog niet gemakkelijk om het met Fouad uit te maken. Zijn donkerbruine ogen stonden verdrietig en zijn blik smeekte haar hem dit niet aan te doen. En hij begreep het niet.

Nou, dan stonden ze quitte, zij begreep hem ook niet. En omdat hij toch een reden wilde horen, zei ze wat Hessel ooit tegen haar had gezegd: 'Ik hou gewoon niet meer van je. Het is over.'

Het probleem was alleen dat hij haar niet geloofde.

Ze liepen samen met Shaila door het park en hij praatte op haar in. 'Zoals jij deed zaterdag... Nee, er moet wat anders zijn. Je lichaam sprak heel andere taal, jij verlangt heel erg naar een mannenlichaam, schatje.'

Het was maandagmiddag na school. De hele zondag had Lotte zich opgesloten op haar kamer. Ze had gebeld met Dana en Nicole en geprobeerd hun uit te leggen wat er aan de hand was, maar of ze het echt snapten...?

Toch wist Lotte het zeker: ze moest het uitmaken met Fouad. Niet voor Karima, maar voor zichzelf. Ze haalde diep adem.

'Ik ben het zat dat jij aldoor bepaalt wat we gaan doen en we hebben het nooit echt ergens over...'

Fouad greep haar bij haar arm.

'Au!' riep Lotte uit. 'Je doet mij pijn!'

'Jij doet mij pijn!' siste Fouad. Zijn ogen blonken kwaad. Zo kende Lotte hem niet, ze werd er haast bang van. Hij ging voor haar staan, zijn handen als twee ijzeren grepen om haar bovenarmen, zijn gezicht heel dicht bij dat van haar.

'Jij wijst mij af? Daar zul je nog spijt van krijgen! Jij maakt het niet uit, *ik* maak het uit, hoor je? Jij bent al net zoals die andere meiden, die sl...'

Lotte had zich losgerukt en rende weg. Ze wilde niet horen waar Fouad haar voor uitmaakte. Ze wilde dat gezicht niet zien waar ineens zo veel afkeer op lag. Ze wilde weg, naar huis, naar de veiligheid van haar kamer.

En daar zat ze dan, niet wetend wat ze nu verder moest doen. Naar Karima? Trots vertellen dat ze het had uitgemaakt? Maar ze was helemaal niet trots op zichzelf. Zou het roddelcircuit ook werken als iemand géén verkering meer had?

De volgende dag in de klas gluurde ze door haar oogharen naar Karima, die ijverig als altijd zat te werken. Goh, wat voelde ze zich rot. En dat kwam niet alleen door wéér een verknald proefwerk omdat ze zondag en gisteren niet had kunnen leren. Ach, wat maakte het ook uit, dit was hun laatste lesweek, ze kon het nu toch niet meer ophalen.

Hoe moest ze het nou weer goedmaken met haar vriendin? Ze bleef er de hele week over piekeren. Ook Karima zelf bleef haar mijden. Aan het eind van die week was ze geen stap dichterbij haar gekomen.

De hele week ook bleef ze bang voor wat Fouad zou doen. Zij zou er spijt van krijgen, had hij gedreigd. Maar er gebeurde... niets. Tot nu toe. Maar wanneer wel? Wat hing haar nog boven het hoofd? Het was nu vrijdagmiddag en ze zaten met de hele klas na hun allerlaatste lesuur in het lokaal van hun mentor, mevrouw De Jager. Zij had hen uitgenodigd voor een hapje en een drankje om het jaar af te sluiten. Ze zouden elkaar wel weer zien als zij de rapporten ging uitdelen, maar daar was niet iedereen bij, had ze gezegd. Nee, dacht Lotte, daar ben ik niet bij. Zittenblijvers kregen hun rapport thuisgestuurd. Dat zij niet de enige was, troostte haar.

Het zat erop! Het schooljaar was voorbij! Nou ja, nog een sportdag en een projectdag, en dan moesten ze hun boeken nog inleveren, maar daarna waren ze heel veel weken vrij! Heerlijk!

Mevrouw De Jager stond met wat leerlingen van verzorging achter een paar tegen elkaar geschoven tafels met plastic bekertjes fris en bordjes met allerlei zelfgemaakte koekjes en cake en kleine puntjes taart. In de hoek van het lokaal stond de muziek aan en iedereen kwekte er vrolijk op los. Lotte voelde zich opgelucht. Voor een poosje was ze van school af. Haar ouders wisten hoe het ervoor stond, daar hoefde ze dus niet bang voor te zijn. Ze ging lekker een tijd nietsdoen!

Toen de hele klas wat te eten en te drinken had, gingen de leerlingen van verzorging weg en vroeg mevrouw De Jager de klas in een kring te gaan zitten.

'Voor het laatst bij elkaar, jongens, eerst een korte terugblik op afgelopen jaar!' Ze keek de kring rond en wachtte tot iedereen stopte met praten. Daarna stond ze even stil bij een aantal gebeurtenissen, alsof ze er zelf niet bij waren geweest.

'En dan nu de overgang naar klas vier!' ging ze verder. 'Voor een aantal van jullie is dat moment uitgesteld, en dat vind ik best jammer, jullie waren een leuke klas. Maar soms loopt het zo, en heb je wat meer tijd nodig. Jullie komen er wel! Ik ben trots op jullie!'

'Zal wel,' bromde Dirk-Pieter, de onverbeterlijke mopperkont.

Mevrouw De Jager reageerde er niet op. 'Ik wil een paar mensen even in het zonnetje zetten. Zij hebben zich ondanks bijzondere omstandigheden toch heel goed door dit jaar heen weten te slaan. In de eerste plaats is dat Anisah met haar zieke moeder. Zo veel zorg en verdriet en dan toch zulke goede cijfers. Knap hoor! En Arno, van wie zijn ouders gescheiden zijn, dat was ook niet gemakkelijk, hè Arno? En Faruk, die zijn topsport zo goed weet te combineren met school, dat is ook een compliment waard. En ten slotte Karima, die misschien een niveau te hoog zat, tenminste dat dachten wij, maar die vanwege haar goede werkhouding het voordeel van de twijfel kreeg, en nu fantastische punten heeft gehaald! Hartstikke goed!'

Karima bloosde ervan, zag Lotte. Leuk voor haar, zo'n compliment.

'Dat is wel mooi omgekeerde discriminatie, mevrouw!' riep Dirk-Pieter ineens. 'U steekt alleen de buitenlanders een veer in de kont. En wij dan?'

'Arno is geen buitenlander,' riep Marcel.

Ineens werd Lotte zó kwaad. Ze wist niet wat haar overkwam, ze wist ook niet waar het vandaan kwam, en het was net een ander die het haar liet zeggen, maar ze sprong op en midden in de kring ging ze voor Dirk-Pieter staan, stampte met haar voet op de grond en riep: 'Hou nou een keer op met je stomme opmerkingen! Zij zijn helemaal geen buitenlanders! Er ís geen wij en zij. Wij zitten met zijn allen bij elkaar in de klas en wij zijn één groep. Onthoud dat nou eens een keertje!'

Lotte moest stoppen om adem te halen en onmiddellijk begon iedereen te klappen. Verrast keek ze om zich heen. Wat had zij gezegd?

Maar Dirk-Pieter keek net zo verbaasd.

'Lotte heeft gelijk, DP!' riep een van de jongens. En toen viel de hele klas over hem heen. Lotte zag de jongen krimpen onder het commentaar van de klas. Gauw ging ze zitten, want haar benen voelden zo wiebelig.

Het was niet voor het eerst dat Dirk-Pieter vervelende opmerkingen over de allochtone leerlingen maakte, het was wel voor het eerst dat iemand hem zo ongezouten op zijn nummer zette. En het was zeker voor het eerst dat Lotte opkwam voor... Karima, want zij deed het voor haar. Vanaf haar plaats gluurde Lotte naar Karima en zag hoe een glimlach doorbrak op haar gezicht.

Mevrouw De Jager suste de klas. 'Dan wil ik afsluiten met een compliment voor Lotte,' ging ze verder, 'want ik vind dat zij helemaal gelijk heeft. Denk er maar eens over na, Dirk-Pieter!'

Die begon: 'Mijn vader zegt dat die buitenlanders...'

Maar nu riep de hele klas: 'Kop dicht, DP!'

Nadat ze hadden opgeruimd, mochten ze naar huis. Lotte liep met Dana en Nicole naar buiten. Ze zocht in haar jaszak naar haar fietssleuteltje, maar daar kon ze hem niet vinden. In haar tas dan? Die werd overhoop gekeerd, maar nee, geen sleutels. 'Ik loop nog even naar binnen. Hij zal wel in het lokaal uit mijn jas zijn gevallen toen ik hem over mijn stoel gooide. Hoop ik,' zei Lotte. 'Gaan jullie maar vast.'

'Gaan wij nog wat drinken?' stelde Dana voor. 'Met z'n drieën de vakantie vieren!'

'Best, ik kom eraan.'

23

In de gang naar het lokaal waar ze net met de klas zaten, stond Lotte onverwachts tegenover Karima. Kwam zij nu pas het lokaal uit? Lotte was in gedachten verzonken teruggelopen en botste zowat tegen haar op.

Ze deed haar mond open om iets te zeggen, al wist ze nog niet wat, maar tot haar eigen verbijstering begon ze te huilen. Geen woorden, maar tranen gaf ze Karima, die direct haar arm om haar heen sloeg.

Mevrouw De Jager, die nog in het lokaal bezig was, kwam de gang op, maar Karima zei tegen haar: 'Ik neem Lotte even mee naar de wc.'

'Kun je het alleen af?' vroeg ze.

Met Karima's arm om haar schouders geslagen en met een stroom tranen die maar niet ophield, liet Lotte zich meenemen naar het einde van de gang. Staand voor de wasbakken van de meisjes-wc keken ze elkaar aan. Karima's ogen waren al net zo waterig, zag Lotte. Of keek ze nu door haar eigen tranen heen? Nee, Karima stond evengoed een potje te janken! De meiden vielen elkaar in de armen en snikten tweestemmig.

'Nu-hu zitten we nie-hiet meer bij elkaar in de kla-has,' kon Lotte uitbrengen.

'I-hik... mis je nu al!' zei Karima huilend.

Toen keken ze elkaar in de spiegel aan en begonnen allebei te lachen. Twee paar huilogen, twee verfrommelde gezichten, tweemaal uitgelopen make-up.

'Nou, fraai stel zijn wij...' Lottes stem klonk beverig. Ze draaide de kraan open en plensde koud water tegen haar gezicht. Karima volgde haar voorbeeld en daarna droogden ze hun gezichten af met een papieren handdoekje. Het resultaat was een puinhoop.

Lotte dook in haar schooltas en haalde haar make-uptasje tevoorschijn. Ze hield hem Karima voor. 'Hier.'

Ze maakten zich opnieuw op. Terwijl Lotte haar ogen verfde, zei ze: 'Sorry.'

'Waarvoor?'

'Voor alles. Eigenlijk ben ik heel dol op jou, weet je dat wel?'

In de spiegel zag ze Karima glimlachen. 'En ik op jou.'

'Waarom doen we dan zo moeilijk tegen elkaar, weet jij dat?'

Karima's glimlach werd breder. 'Jawel!'

Lotte lachte. 'Ja, je hebt gelijk. Omdat we zo verschillend zijn.'

'Valt wel mee, hoor. Zo anders ben jij niet.'

'Ben jíj niet, bedoel je,' verbeterde Lotte haar.

Karima keek haar in de spiegel aan. 'Zijn wij dus niet.'

'Ik ben niet anders, mijn geloof is anders,' zei Karima even later toen ze samen in een hoekje van de kantine een kop thee dronken. Lotte had Nicole en Dana ge-sms't dat zij de vakantie maar vast zonder haar moesten vieren. Het fietssleuteltje zat veilig opgeborgen in haar broekzak. Nu moest ze eerst met Karima praten.

Net toen Karima naar de balie liep voor de thee, kwamen ineens de woorden van mevrouw De Jager boven. *Het hoort bij haar geloof… Daar moet je respect voor hebben…* Plotseling dacht ze: wat had mevrouw De Jager gelijk! Ook al vond zij, Lotte, dat het leven waar Karima voor koos, onrechtvaardig is, zij had dat te accepteren. Als Karima geen moeite had met die oneerlijkheid, oké, zij kon toch moeilijk Karima's strijd leveren als die daar zelf geen prijs op stelde. Ze moest dus met haar woorden van Karima's manier van leven afblijven!

'Ik vind het moeilijk om het te accepteren, maar ik weet nu dat ik geen keus heb,' zei Lotte.

'Hoe bedoel je?' vroeg Karima.

'Nou, ik zeg steeds dat ik het oneerlijk vind dat meisjes wel en jongens niet kuis hoeven te zijn. Ik wilde jou overtuigen van jouw ongelijk, maar ik kán jou niet overtuigen. Het is jouw geloof…'

Karima draaide het bekertje thee rond in haar handen. Ze dacht even na, en zei toen: 'Dacht je dat ik het daar niet moeilijk mee had?'

Lotte was even van haar stuk gebracht. 'Eh…'

'Stel nou, hè,' zei Karima, 'stel… Als ik toch voor Niek zou kiezen, ben ik een hoer voor de Marokkaanse gemeenschap. Ze kunnen mij dan helemaal gaan negeren. Dan besta ik niet meer, geen enkele moslimjongen zal nog met mij willen trouwen. Nou ja, je weet het, ik heb het al eerder gezegd… De schande voor mijn ouders… Dat doe je dus niet. Dat doe ík niet.'

Lotte knikte. Ze wist het.

'Dat Jamila een vriendje heeft, vind ik heel moeilijk. Als

het uitkomt...' Karima slikte. Na een korte stilte ging ze verder: 'Een nichtje van mij, die had dus ook een tijd verkering met een Nederlandse jongen. Niemand wist het eerst, maar toen kwam het uit, toen sprak iedereen er schande van. Ze is nu vijfentwintig, en niemand wil met haar trouwen.' 'En die Nederlandse jongen ook niet?' vroeg Lotte praktisch. 'Zij hielden toch van elkaar?' 'Jawel, maar door alle problemen is het uitgeraakt.' Lotte dacht na. Zei toen heel voorzichtig: 'Wat maak jij je druk om trouwen!' 'Jij niet dan?' vroeg Karima. 'Dat hoort zo bij ons: trouwen en een gezin.' Lotte zei: 'Je kunt toch ook op jezelf wonen? En dan een leuke baan hebben? Dan heb je toch ook een fijn leven? Je hoeft toch niet te trouwen?' Karima schudde heel langzaam haar hoofd. 'Wij wonen bij onze ouders tot we trouwen. Dat is bij ons zo. Kijk, Mohammed die moet wel, die studeert in een andere stad, die woont op zichzelf...' 'Jouw geloof is anders,' zei Lotte langzaam, 'maar jouw cultuur is ook anders. Die bepaalt hoe jij denkt, die van mij hoe ik denk.' Karima keek op. 'Ja, en ik heb heus wel nagedacht, hoor, over alles wat jij zei. Ik denk steeds na. Dat doet wel eens pijn, dat nadenken... Maar ik wil een goede dochter zijn. En later ga ik trouwen. Inschallah, als Allah het wil.' Lotte greep de hand van Karima en kneep erin. Ineens besefte ze dat ze het Karima moeilijk gemaakt had. Misschien had ze gefaald als vriendin én als Nederlandse. In plaats van haar te steunen had ze haar steeds aangevallen!

'Sorry...' zei ze.

'Waarvoor?'

Ze bleven hand in hand zitten terwijl Lotte uitlegde wat ze net dacht.

Karima kreeg er een kleur van. 'Nee,' zei ze, 'kijk ons hier nu zitten! Zulke goede vriendinnen zijn we.' Lotte slikte. Die trouwe Karima... Die lieve Karima... 'En we kunnen toch van elkaar leren,' ging Karima verder. 'Niemand weet vanzelf hoe iemand anders denkt. Daar moet je over praten of naar vragen. En dat heb jij gedaan!' Lotte kon even niets terugzeggen, daarom knikte ze. Karima grinnikte. 'En nu wil ik ook iets van jou leren. Want je hebt wel gelijk als je het over seks hebt. Ook al is het voor mij nog lang niet zover... Wil je mij iets uitleggen? Ik heb een paar vragen...'

Giechelend gaf Lotte Karima haar antwoorden. Maar zelf had ze ook nog een vraag. 'Karima, weet jij of Fouad kwaad op mij is? Hij zei dat ik er nog spijt van zou krijgen dat ik het uitmaakte. Ik ben bang dat hij...'

Karima onderbrak haar: 'Fouad is heftig beledigd, maar hij zal jou niets doen.'

'Hoe weet je dat?'

'Dan krijgt hij met mij te maken, en dat weet hij!' Karima zag er strijdlustig uit. 'Jij bent mijn vriendin en hij moet van je afblijven.'

'En ik blijf mooi van hem af in het vervolg,' zei Lotte.

Karima's ogen straalden. 'Jij krijgt wel weer een ander vriendje,' troostte ze.

Maar geen jongens voor Karima, dacht Lotte voor de honderdste keer. En dat was ook goed.

EIND AUGUSTUS

Het was zo'n warme middag dat Lotte het bijna misdadig vond hen binnen te houden. De zon brandde op het dak van de school en ook al waren alle zonneschermen naar beneden en stonden deuren en ramen open, iedereen glom van het zweet. De meesten hadden een flesje water op tafel staan en de leraren praatten tegen onwillige oren. Maar och, Lotte kende het verhaal toch al.

Verlangend keek ze naar buiten. Het viel niet mee dezelfde verhalen te moeten horen, opdrachten te maken die je al een keer had gedaan... Was ze maar vast uit. Dan kon ze met Shaila gaan lopen, met Dana en Nicole een ijsje gaan eten of even bijkletsen met Karima. Of was die nog niet uit... Ze had het nog niet in haar hoofd wanneer haar vriendinnen vrij waren.

En het viel ook niet mee een plekje te veroveren in de nieuwe groep. Er was al beslist wie vriendin was met wie, en wie bij welk groepje hoorde. Het was lastig uitzoeken waar nog plaats voor haar was. Ze hadden alle zittenblijvers bij elkaar in een klas gezet. Daar lagen mogelijkheden.

Lotte keek achterom naar de jongen met het rode shirt en het blonde haar op de achterste bank. Er was één groot voordeel aan deze nieuwe klas: Kaspar!

Hij keek op, ving haar blik en knipoogde. Het kwam wel goed, dacht Lotte blij.

OP HETZELFDE MOMENT

Ondanks de hitte haastte Karima zich naar huis. Sinds ze terug was uit Marokko, wilde ze altijd snel weer thuis zijn. Ze had veel huiswerk, maar dat kwam daarna wel. Dit schooljaar zou ze opnieuw keihard werken, want ze wilde dolgraag een goed examen doen, maar eerst...

Precies op het moment dat zij haar fiets in de schuur zette, reed Niek zijn fiets uit hun schuur. Met beide voeten zette hij zich af en zittend op het zadel manoeuvreerde hij zichzelf en zijn fiets de schuur uit, de steeg in.

'Hallóóó!' galmde hij met een brede grijns.

'Ha, die Niek!' riep ze opgewekt terug en ze lachte naar hem.

Ze hoefde niet meer bang te zijn voor haar gevoelens voor hem. Die had ze in de hand. Net als... Gauw liep ze naar binnen. Fijn, niemand thuis! Ze startte de computer op en liep naar de keuken om wat te drinken. Nu msn opstarten en kijken of hij online was. Ja! Faisel was ook al thuis! Even droomde ze weg naar afgelopen zomer in Marokko toen ze Faisel had leren kennen tijdens de bruiloft van Nezha. Het was een geweldig feest geweest: drie dagen lang eten, muziek en dansen. En Faisel was er, een heel aardige jongen die net als zij in Nederland woonde, maar in Marokko de bruiloft van zijn neef vierde. Ze hadden niet echt veel met elkaar gepraat, maar Karima vond hem gewoon erg leuk. En hij haar. Ze waren niet verliefd, nee, dat niet, maar het was leuk om met hem te msn'en.

Karima grinnikte. Ze moest het Lotte nu echt gaan vertellen. Die kon tevreden zijn: zo leerde ze toch wat over jongens.

Gauw maakte ze contact.

LEES MEER VAN CAJA CAZEMIER!

Vamp

Jade is een VAMP (Video Audio MSN Perfectionist), en nogal onzeker over haar uiterlijk. Samen met een vriendin maakt ze foto's van zichzelf en zet die op sugababes.nl. Jade krijgt veel reacties, vooral van ZuperZound, die Yoram zegt te heten. Omdat het contact oké lijkt, wisselen ze e-mailadressen uit en voegt Jade hem toe aan MSN. Yoram overlaadt Jade met complimenten en stuurt haar foto's, en zij geniet intens van zijn aandacht.

Hun contact wordt steeds intensiever, en op een keer danst Jade een uitdagend videoclipje voor de webcam. Maar als Jade niet verder wil gaan dan dat, is hij ineens niet meer zo aardig. Hij dreigt foto's van haar op de website van school te zetten en naar haar ouders te sturen als ze niet doet wat hij wil. Jade is wanhopig...

ISBN 978 90 216 1870 8